나는 왜 이 고전을

나는 왜 이 고전을

발행일 초판3쇄 2020년 4월 22일(庚子年 庚辰月 乙未日) | **기획** 고미숙 | **지은이** 고미숙과 48인의 대중지성
펴낸곳 북드라망 | **펴낸이** 김현경 | **주소** 서울시 종로구 사직로8길 24 1221호(내수동, 경희궁의아침 2단지) |
전화 02-739-9918 | **팩스** 070-4850-8883 | **이메일** bookdramang@gmail.com

ISBN 979-11-90351-04-1 03800 | 이 도서의 국립중앙도서관 출판예정도서목록(CIP)은 서지정보유통지원시스템 홈페이지(http://seoji.nl.go.kr)와 국가자료종합목록 구축시스템(http://kolis-net.nl.go.kr)에서 이용하실 수 있습니다.(CIP제어번호: CIP2019041946) |

나는 왜 이 고전을

지은이

고미숙과
48인의
대중지성

BookDramang
북드라망

금강경
천 개의 고원
맛지마니까야
마음
슬픈 열대
동의보감
모비딕
말과 사물
외침
도덕의 계보학
주역
장자
이옥 전집
홍루몽
법구경
그리스인 조르바
숫타니파타
유식 30송
회남자
안티 오이디푸스
비극의 탄생
티벳 사자의 서
산시로
차라투스트라는 이렇게 말했다
전습록
열하일기

책머리에

'대중지성'의 시대를 향하여

아시겠지만, 머리말은 가장 늦게 작성된다. 저자(혹은 편자)한테는 최후의 변론이지만, 독자들에게는 최초의 페이지다. 처음이 곧 마지막이요, 마지막이 다시 처음이 되는 이 오묘한 이치! 그러다 보니 머리말을 써야 하는 때가 오면 늘 난감해진다. 처음 시작했던, 그 마음의 단서를 찾기가 어려워서다. 그 사이에 이미 수많은 사건들이 펼쳐진 뒤이기 때문이다. 그래서 다시 시간여행을 시작한다. 대체 어디서부터 이 작업이 시작되었지? 시작할 때의 포부와 계획이 대체 뭐였더라? 그렇게 해서 찾아진 마음이 참인지는 확인할 도리가 없다. 팩트 체크를 할 방법이 없기 때문이다. 그러니 그저 즐기는 수밖엔. 처음과 마지막, 사실과 허구가 줄다

리기 하는 이 기묘한 긴장을 말이다.

여기 48명의 저자가 있다. 〈감이당&남산강학원〉의 학인들이다. 이들의 대부분은 책을 써 본 적이 없는 '무명씨'들이다. 자신들이 책을 쓸 거라고 예상하거나 결의를 다진 경우도 거의 없다. 우연히 삶의 모퉁이에서 예기치 않은 질문이 불쑥 솟아났고, 그래서 길을 찾다가, 역시 우연히 들렀는데 거기가 하필 〈감이당&남산강학원〉이었을 뿐이다. 다만 그뿐이다. 거창한 결단, 원대한 비전 같은 건 없다. 어떻게 아느냐고? 나 역시 그렇게 시작했으니까. 〈감이당&남산강학원〉 역시 그렇게 시작해서 여기까지 왔으니까. 그리고 그것이 삶의 실상이니까. 결국 제일 중요한 건 어느 날 불쑥 내부에서 솟구친 질문이었을 뿐이다. 그저 초심이라고 불러도 좋다. 그 마음이 발길을 여기로 이끌었을 뿐이다.

그 다음도 역시 우연의 연속이다. 와 보니 강의와 세미나가 있고 밥이 있었다. 누구는 강의가 재밌어서, 누구는 밥이 맛있어서, 누구는 친구들이 좋아서 발길을 자주 옮겼다. 그런데, 그게 다가 아니었다. 여기는 글쓰기를 하는 곳이었다. 이게 가장 뜻밖이었으리라. 삶에 대한 질문을 품고 길을 찾기는 했지만 글쓰기까지 할 생각은 없었을 테니까. 왜? 배움이란 읽고 듣고 토론하는 정도로만 간주했기 때문이다. 그리고 거기까지는 할 만했다. 하지만 여기는 글을 쓰는 곳이었다. 글쓰기야말로 지성의 최종

심급일 뿐 아니라 '양생이자 구도이며 밥벌이'라고 굳게 믿는 곳이기 때문이다.

대체 왜? 왜 꼭 글을 써야 하지? 읽고 토론하고 생각하고, 그걸로 충분하지 않나? 그 정도면 사는 데 지장 없잖아? 그동안 숱하게 들어온 질문들이다. 이제 답하겠다. 결론부터 말하면, 그걸로는 충분하지 않다. 써야 한다! 근거는 이렇다. 21세기는 바야흐로 대중지성의 시대다. 20세기가 엘리트와 대중이 날카롭게 분화되는 시대였다면, 우리 시대는 그 장벽이 사라지면서 대중이 곧 지성인이 되는 시대다. 대학은 이미 지성의 전당임을 포기한 지 오래다. 그래서인가. 대학이 독점했던 지적 정보는 이미 사방팔방으로 퍼져 나가고 있다. 인터넷을 통해, 유튜브를 통해, 각종 미디어를 통해. 이제 지성의 장벽, 제도의 권위는 사라졌다. 누구든, 언제든 마음껏 접속할 수 있다. 그렇다면 남는 건 과연 누가, 어떻게 그 정보들을 활용하여 지성을 창조할 수 있는가에 있을 뿐이다.

지성의 창조, 그 핵심은 글쓰기다. 글이 곧 말을 낳고, 말이 곧 글을 낳는다. 말과 글이 갖가지 정보가 되어 세상에 흘러넘친다. 그 범람하는 말과 글이 일용한 양식이자 세상을 이끄는 비전이 된다. 그 양식과 비전을 주도하는 집단적 주체, 그것이 바로 대중지성이다. 그러니 읽고 듣고 토론하는 것만으로는 충분하지 않다. 반드시 써야 한다!

바야흐로 4차산업혁명이 도래하고 있다. 4차산업혁명이란 무엇인가? AI가 노동과 물질을 담당하게 된다는 뜻이다. 그럼 인간은 뭘 하지? 정신의 지도를 그리면 된다. 정신의 지도는 읽고 쓰는 데서 비롯한다. 특히 쓰는 것이 핵심이다. 말과 글의 창조는 사람과 사람을 이어 준다. 당연히 밥벌이가 가능하다. 더 중요한 건 글쓰기를 해야 각종 중독에 빠지지 않는다는 것. 그래서 양생이다. 구도는 말할 나위도 없다. 구도의 핵심은 삶과 죽음의 장벽을 관통하는 것이다. 그러기 위해서는 반드시 고전의 바다를 유영해야 한다. 왜? 고전은 동서고금을 막론하고 바로 그 주제를 다루는 책이니까. 고전의 드넓은 세계와 접속하려면 써야 한다. 쓰지 않고서 생사의 장벽을 넘는 길을 찾기란 불가능하다. 양생과 구도와 밥벌이로서의 글쓰기—이것이 〈감이당&남산강학원〉의 비전이다.

2012년부터 꾸준히 그런 비전을 실험해 왔고, 이미 다양한 저자들을 배출했다(안도균, 강민혁, 오창희, 박장금 등). 그리고 마침내 이번엔 48명의 집단지성을 세상에 알리게 되었다. 이들은 수년간 읽고 쓰기를 해왔고, 올해 각자 자기만의 고전을 선택하여 본격적으로 삶의 질문과 마주했다. 저자들의 연령은 2060이다. 세대간 크로스야말로 대중지성의 특징이자 미덕이다. 질문의 스펙트럼도 드넓다. 가족, 관계, 욕망, 자의식, 습관 등등. 한 편의 글을 완성하기까지의 과정도 실로 다이내믹하다. 기본적으로 몇 번씩의 수정을 거쳤지만 개중에는 열 번, 스무 번을 고친 이도 있고, 심지어 그 누군가는 무려 48번(!)을 고쳤다. 먼저 완성한 이들은 다른 이들의 글을 함께 읽어 주었다. 혹시라도 지쳐서 포기할까 봐 물심양면으로 응원과 격려를 아끼지 않았다. 이것이 집단지성의 힘이다. 이 역동적 네트워크를 세상에 전파하게 되어 참, 기쁘다!

이 48명의 생생한 목소리가 독자들의 마음에 가닿기를 간절히 소망한다. 그리하여 독자들도 대중지성의 시대를 향하여 함께 나아가게 되기를! 글쓰기에 대한 열망이 저 깊은 곳에서 솟구치게 되기를! 돌이켜보니, 그것이 이 책을 기획할 때의 나의 초심이었다. 진짜다.^^

2019년(기해년) 9월 15일

〈감이당&남산강학원〉의 거점 깨봉빌딩 2층에서

총기획자 고미숙

p.s. 이 책을 기획하면서 같은 시기에 나는 『고미숙의 글쓰기 특강 : 읽고 쓴다는 것, 그 거룩함과 통쾌함에 대하여』라는 책을 집필하기 시작했다. 두 개의 작업이 각기 다른 방식, 다른 속도로 진행되었는데, 하다 보니 동시에 출간을 하게 되었다. 이 기막힌 행운을 선사해 준 천지만물에 깊은 경이를 표한다.^^

목차

2부

질주를 멈추게 해준 고전

3부

관계의 출구를 열어 준 고전

4부

공부로 나가게 해준 고전

나는 왜 이 고전을

1부

불안을 떨치게 해준 고전

법구경

장자

도덕의 계보학

비극의 탄생

안티 오이디푸스

천 개의 고원

산시로

그리스인 조르바

열하일기

법구경

생사를 넘어 자유로워지리

안혜숙

어느 새벽녘 건잡을 수 없는 마라(Mara)악마. 망상이라는 의미의 속삭임이 들려왔다. 그 소리의 요지는 힘든 공부의 길을 가지 말고 몸 편한 길을 가라는 거였다. 이러다 정말 일찍 죽을 수도 있다면서…. 빡빡하게 짜여 있는 공부 일정을 보고 '나 너무 무리하는 거 아닌가, 잠시 쉬어 갈까'라는 생각을 한 순간, 그 틈새를 놓칠세라 불쑥 올라온 거였다. 한데 뭐 그 정도 가지고 죽음까지 들먹이며 호들갑인가. 그렇다. 호들갑에 오버하는 것 맞다. 이유는 이렇다.

오래전 큰 수술 후 몸이 안 좋았을 때, 어느 사주쟁이 아줌마가 내 명命이 64세 아니면 74세라고 했다. 지금 내 나이 63세, 그

시점을 몹시 의식하고 있는 자신을 발견했다. 따져 보면 태어난 시時도 분명하지 않은 사주였고, 10년이라는 널널한 시간차를 두고 명을 말하고 있는 것도 우스웠다. 문제는 그럼에도 내가 그 말로부터 자유롭지 않았다는 것이다.

깨달음으로 나아가는 걸 방해하는 게 마라의 역할이다. '오래 살아야 공부도 오래할 수 있어!'라고 속삭이는 마라의 정체는 곧 내 욕망의 다른 소리다. 이 욕망 앞에서 흔들렸던 내 마음. 그 순간의 마음은 참으로 황량한 바람이 부는 황무지 같았다. 그것이 언제이든 언젠가 죽음은 실제 상황이 될 터이다. 정말 죽음을 이렇게 정신없이 휩쓸려 가듯 맞닥뜨릴 수 있겠구나 생각하니 공포와 두려움이 밀려왔다. 이건 나이가 문제가 아니었다. 백 살을 산다고 죽음 앞에서 저절로 편안하고 자유로워질 수 있을까. 붓다는 이런 나의 마음을 『법구경』法句經에서 정확하게 표현하고 있었다.

> 물고기가 물에서 잡혀 나와 땅바닥에 던져진 것과 같이 이 마음은 펄떡이고 있다. 악마의 영토는 벗어나야 하리.(게송 34)

이 마음의 경험은 충격이었다. 공부를 벌써 몇 년을 했건만 나는 여전히 죽음의 문제 앞에선 땅바닥에 내쳐져 헐떡이는 물고기와 같았다.

『법구경』은 가차없이 죽음을 대면하게 하는 게송과 이야기들로 가득하다. "아, 쓸모없는 나뭇조각처럼 의식없이 버려진 채, 머지않아 이 몸은 땅 위에 눕혀지리라."(게송 41) "죽음이 닥치지 않는 곳은 공중에도 바다 한가운데도 없고 산의 협곡에 들어가도 없으니 이 세상 어느 곳에도 없다."(게송 128) 등등.

누구나 언젠간 쓸모없는 나뭇조각처럼 버려지고, 죽음 또한 어느 누구도 피해 갈 수 없다는, 어느 것도 영원한 건 없다는 이 무상함의 진리. 이 당연한 사실들을 붓다는 왜 이토록 적나라하게 반복해서 노래한 것일까. 이제야 알았다. 진리를 안다는 것은 머리로만 이해하는 일이 아니다. 가슴으로 몸으로 받아들이는 일이다. 진정 온몸으로 터득해 몸이 바뀌는 일이다. 하지만 그 일은 쉽게 이루어지지 않는다. 내가 바로 그랬듯이 말이다. 붓다는 이러한 사실을 너무나 잘 알고 있었던 거다.

『법구경』의 많은 인연담들은 등장인물들의 생과 사의 이야기에 다름 아니다. 이야기 속 인물들은 자신의 처한 자리와 근기에 따라 붓다로부터 각자 다른 해법을 배운다. 그 구체적인 해법 속에서 터져나온 '진리의 가르침'들! 그것은 곧 '진리의 길'이기도 하다. 자신의 괴로움苦과 괴로움의 원인集을 알고, 괴로움을 소멸하는 길滅道! 그 길은 몸으로 진리를 체득하는 길 자체임을 『법구경』은 생생히 보여 주고 있다. 붓다가 넘어서고자 했던 생로병사라는 인간의 근원적인 고통. 나는 이제 그 고통의 당사자가 되어 삶과 죽음의 문제를 넘어가고자 한다. 텍스트 속 인연담의 주인공이 되어.

붓다는 내게 어떤 해법을 알려 줄까. 그것이 무엇이건 그 길을 간다는 것만으로도 마음이 즐겁다. 나는 이미 사람들이 어떻게, 마침내, 생사를 넘어 자유로워졌는가를 보았기 때문이다. 그 길에서.

장자

내 나이가 어때서!

고혜경

20대, 능력도 안 되면서 욕심만 앞섰다. 일류 대학을 나와 인정받는 친구들과 나를 비교하며 한없이 우울해졌다. 앞날이 궁금해졌다. 점을 보려고 용한 집을 수소문했다. 이런 내게 친구가 듣도 보도 못한 이야기를 해주었다. 무당 계함季咸에게 반한 열자列子 이야기다. 열자가 스승 호자에게 '무당이 미래의 일을 다 맞힌다'고 호들갑을 떨다가 그것이 얼마나 헛된 것인지 깨치는 내용이다. 나도 점집은 접었고 그 글이 실려 있는 『장자』莊子를 친구와 함께 읽었다.

첫 장부터 예사롭지 않았다. 물고기가 바람을 타고 붕새가 되어 구만 리 상공을 난다. 그 새가 날면서 아래를 보면 아지랑이와 먼지뿐이다. 우와! 입이 딱 벌어졌다. 하늘엔 등이 몇 천 리나 되는 붕새가 날고 귀엔 바람소리가 들렸다. 그 상상들은 현실의 나를 잊게 해줬다. 이어 기괴하고 장대한 상상이 펼쳐지는 글들이 이어졌으나 뜻을 파악하기 어려웠다. 친구의 도움으로 「내편」內篇을 겨우 읽고 장자와 헤어졌다. 20대 때 『장자』와의 만남은 어리석음이 깨지는 것으로 시작해 저 높은 하늘을 날아오르는 멋진 이미지로 끝났다.

60대, 『장자』를 다시 만났다. 결혼을 하고 애를 낳고, 남들처럼 살아 보려고 나름 애를 썼는데 나만 모든 일이 어긋나는 것 같았다. 아들, 딸과는 종종 삐걱거렸다. 아파트를 팔고 나면 값은 숨차게 올랐다. 남편은 고맙지만 맘에 안 들었다. 짜증과 허무가 동시에 밀려왔다. 생각의 전환은 시도하지 않고 자기연민에 빠졌다. 기억을 곱씹으며 '네 탓'도 했다.

이렇게 자신을 들볶는 와중에 감이당을 만났다. 여기에서 삶을 해석하는 다양한 층위의 담론들을 만났다. '남들처럼 살려고' 했지만 그것이 안 돼 슬펐던 내게 신선한 충격이었다. 대중지성과정을 신청했다. 여기의 『장자』는 예전의 『장자』가 아니었다. 상품과 욕심에 사로잡혀 있던 내가 조금씩 보였다. 자기 삶의 해석을 세상의 척도에 맞추느라 괴로워하는 자신이 보였다.

'추수'秋水편에는 장자의 당당한 모습이 잘 나타나 있다. 초

왕이 두 대신을 보내 그를 초청했다. 낚시를 하고 있던 장자는 돌아보지도 않고 단번에 청을 거절한다. 장자는 짚신을 팔아 연명하는 가난에도 불구하고 자유를 누리며 살겠다는 뜻이 확고하다. 먹고살 만하면서도 전전긍긍하는 나와 당당함을 최우선으로 하는 장자의 태도 차이가 확연히 느껴졌다. '그래, 이거야!' 장자의 호탕한 삶이 조명탄을 터뜨린 듯, 휘청거리는 내 삶을 적나라하게 비췄다. 돈, 남들 눈 등 외부를 의식하느라 정작 자신의 삶을 살지 못했다. 장자는 많을수록, 높을수록 좋다는 소유의 획일적 가치를 한방에 날린다. 당위와 표상이 아닌 너의 삶을 살아내라고 외친다.

그 호기로운 외침에 섞여 어디선가 속삭임이 들려온다. '너, 내일모레가 70인데 지금까지 살던 습관을 버릴 수 있어? 그 나이에 힘들게 뭘 바꾸니? 그냥 살아.' 아니다. 변화 없는 삶은 죽은 삶이다. 명이 다하기도 전에 이미 죽을 순 없다. 이 나이에 무엇을 두려워하리? 60대 중반, 당당한 삶이 무엇인지 알고 그것을 실행하기엔 딱 좋은 나이다. 이 나이가 어때서?

나와는 너무 다른 장자의 거침없는 '자기배려'가 올해 함께할 텍스트를 『장자』로 이끌었다. 세상 귀중한 것들이 쉽게 얻어지지 않는 것은 안다. 지금이 아니면 언제 바꾸랴! 쉽게, 편하게만 살아 보려고 했던 습관을 바꾸는 계기로 삼겠다. 삶과 직접 만

나는 지점에서 발하는 지성이 대중지성이다. 올해 토요대중지성에서 『장자』와의 만남으로 생길 내 삶의 변곡점이 기대된다.

장자

나의 삶 안녕한가

배서연

주위 사람들에게 '복이 많다', '팔자가 좋다'는 소리를 자주 듣는데 정작 나는 걱정과 두려움을 달고 산다. 한마디로 걱정쟁이다. 먹고사는 문제나 가족 관계 등에 별 문제가 없는데도 왜 걱정과 안달에 찌들어 사는 걸까?

오래전, 우리 부부는 텃밭을 가꾸려고 조그만 땅뙈기를 마련했다. 당장 내려갈 처지가 못 되어 근처 농사짓는 이에게 땅을 빌려 주어 1년에 한두 번 그곳을 가게 된다. 그때마다 '혹시 부당하게 뭘 요구하면 어쩌지? 농사를 안 짓겠다고 하면 어쩌지?' 등 온갖 번뇌 망상을 피우다 마지못해 가곤 한다. 결국 맘 좋은 땅주인 행세를 하며 그이의 하소연과 요구사항을 들어주고 돌아오는 길 내내 자책을 한다. '내 땅 빌려 주고 내가 왜 이렇게 굽신대는 거지?' 과도한 친절을 베풀고 나서 찝찝해하는 모습이라니! 이런 서툴고 비틀린 대응방식은 큰 문제에 봉착했을 때도 마찬가지다.

나는 15년 전 동화작가로 등단을 해서 창작집을 내고 작품 활동을 활발히 하던 중 두 작품을 도용당했다. 혼자서 끌탕을 하던 나는 '더 좋은 작품'을 쓰리라 다짐하며 별 대응도 하지 않은 채 물러섰다. 그렇게 공들인 것을 그렇게 쉽게 포기하다니, 귀신도 나도 모를 일이다. 내가 세상을 대하는 일련의 행동들을 가만 보면 걱정, 안달, 과도한 친절, 회피 등이다. 전혀 이성적이지 못한 이런 태도는 일상이 헝클어지는 것에 대한 불안, 그 불안에 대한 알레르기 증상이다. 이 마음을 뒤집어 보면 지금까지 살아온 안정되고 평온한 일상에 대한 애착이 진하게 깔려 있다. 온갖 부딪침과 혼돈과 이해가 뒤얽힌 세상은 나에게 두려움이고 걱정거리고 피하고픈, 불편한 곳일 뿐이다.

만약 내가 『장자』를 만나지 못했다면 편안하고 안락한 것에 대한 집착이 나를 가두고 있는 새장이라는 걸 알아챘을까? 외물外物에 매이지 않는 절대 자유, 대자유의 경지에 접속하지 못했다면, 지나친 배려와 보호, 안락함이 생명에 대한 폭력이라는 것도 깨닫지 못했을 것이다. 물론 걱정에 걱정을 낳는 번뇌 망상이 자유의 큰 도적이라는 것도 모르고 망집妄執 속에서 동동거리고 있을 게다. 자연과 우주는 그 자체가 변화인 것을, 그러한 것을! 나는 그 명료한 진리를 망각한 채 그동안 이를 밀어내려고 얼마나 용을 쓰며 문을 닫아걸었던가! "사람들이 이미 좋게 생각한 바를 비난하려고 하지 않는다"(『장자』, 안동림 역주, 현암사, 2010, 277쪽)는 말과 같이 나는 먹이 걱정 없고 추위나 사냥꾼의 위험이 없는 새장의 새처럼 편안한 삶의 조건들에 대해 그 어떤 의심도 하지 않았다.

복 많은 나의 삶이란 세상의 다양한 경험과 지혜를 거세당한 삶, 손바닥만 한 안락함과 대자유를 맞바꾼 삶, 그 이상도 이하도 아니었다. 이 속에서 면역력을 잃은 나의 생명에너지는 계속 신호를 보낸 것이다. 불안과 두려움으로! "작은 지혜는 큰 지혜에 미치지 못하고 조균朝菌은 밤과 새벽을 모른다."(같은 책, 30쪽) 아침에 나서 저녁에 죽는 조균이라는 버섯과 울타리 안에서 세상의 마주침과 변화에 무지한 채 전전긍긍하며 살아온 나와 무엇이 다른가?

북명北冥에 사는 물고기 곤鯤은 삼천 리 파도치기를 해서 붕새가 되었다. 붕이 구만 리 창공을 날아오르자 쓰르라미가 비웃었다. 느릅나무에 오르다 내동댕이쳐질 인생, 터무니없는 짓을 왜 하느냐고! 작은 날짐승인 쓰르라미는 붕의 날개 아래 두텁게

쌓인 위대한 바람의 힘도, 끝없는 그 푸르른 창공의 대자유도 감히 상상하지 못할 것이다. 자, 이제 나는 선택해야 한다. 수풀 속에서 비웃음을 날리는 쓰르라미가 될 것인가, 장애 없는 절대 자유의 경지를 향해 날갯짓을 할 것인가?

도덕의 계보학

명랑한 중년을 위해

최소임

"우리는 우리 자신을 잘 알지 못한다."

니체의 『도덕의 계보학』 서문에서 이 문장을 만났을 때 반갑고도 놀라웠다. 요즘 나의 상황을 정확하게 꿰뚫어 보는 말이기 때문이다. 나는 무엇을 해야 하며, 무엇을 하고 싶은 것일까? 어떻게 살아야 하나? 이 고민은 남편의 은퇴, 딸의 독립, 시어머님의 요양병원 입원 등의 일들이 벌어지면서 시작되었다. 물론 그전에도 살면서 문득문득 이런 고민을 하기도 했었지만 지금처럼 무겁게 다가온 적은 없다.

니체는 우리가 자신을 잘 알지 못하는 이유가 "무언가를 '집으로 가져가는' 단 한 가지 일에만 진심으로 마음을" 쏟기 때문이라고 말한다. 우리는 "당신은 누구인가?"라는 질문에 흔히 자신의 직업을 말한다. 우리 사회에서 선호하는 직업은 무언가를 빨리, 많이, 오랫동안 집으로 가져갈 수 있는 일이며, 무언가 중에 가장 중요한 것은 돈이다. 그러니 우리는 직업을 자신과 동일시하면서 돈을 소유하고 축적하는 것으로만 자신의 존재 가치를 확인하며 살아간다.

사회의 보편적 가치를 추구해 온 내 삶의 궤적 또한 거기에서 한 치도 벗어나지 않았다. 대학을 졸업하자마자 대기업에 취업을 했고, 직장에서 남편을 만나 임신 6개월에 전업주부가 되었다. 남편이 승진해서 월급이 오르고, 넓은 아파트로 이사를 가고, 딸이 특목고에 들어갈 때는 살맛이 났다. 재테크로 투자한 펀드가 반 토막이 될 때는 밤잠을 설쳤고, 딸이 학교에 적응을 하지 못해 방황할 때는 무기력과 불안에 시달렸다.

크고 작은 부침은 있었지만 남편이 28년 동안 직장 생활을 했고, 먹고살 만큼 돈도 모았고, 딸도 대학을 졸업하고 취직을 했다. 이만하면 나름 좋은 아내, 좋은 엄마로 잘 살았다고 생각했다. 그리고 이제부터는 하고 싶은 일 마음껏 하면서 나를 위한 인생 후반기를 살게 될 것이라 믿었다. 그런데 전혀 그렇지가 않았다. 뭔가 훅하고 빠져나간 것처럼 큰 상실감이 느껴졌고, 뭘 해도 채워지지 않아 헛헛하기만 했다. 더불어 정체를 알 수 없는 막연한 불안도 불쑥불쑥 올라왔다.

니체는 우리가 무언가를 집으로 가져가는 일에만 신경을 쓰느라 "우리의 체험, 우리의 삶, 우리의 존재에서 울려 나오는 열두 번의 종소리"에는 한 번도 제대로 귀를 기울이지 않는다고 비판한다. 더 이상 집으로 가져갈 것이 없어지자 상실감, 헛헛함, 불안에 휩싸이는 내 모습이 그동안 이렇게 살았다는 사실을 확인해 주고 있다. 돈으로 채웠다고 생각했으나 실상은 그것에 매달리느라 중요한 많은 것들을 소외시키는 한없이 빈곤한 삶이었다. 현재가 좀더 안락하고 덜 위험하지만 충만함, 의지, 용기, 확신, 미래가 점점 위축되고 있으니 이것이야말로 생명력을 소진시키는 위기의 삶이다.

니체는 내가 사회가 제시하는 도덕적 가치들을 아무런 의심 없이 받아들인 것이 문제라고 말한다. 도덕은 원래부터 주어져서 당연히 따라야 하는 것이 아니다. 어떤 특정한 조건과 상황에서 만들어지고 변화하는 것이다. 모든 사람들에게 맞는 보편적 도덕이란 존재하지 않고, 조건과 상황이 달라지면 도덕 또한 새롭게 창조되어야 한다. 그러니 외부에서 주어진 도덕을 내 것으로 받아들여 그것에 얽매이는 노예가 될 것이 아니라, 스스로 창조한 도덕을 삶의 수단으로 이용하는 주인이 되어야 한다. 니체는 노예 도덕에서 벗어나려면, 우선 자신이 믿고 따르는 가치들이 어떤 조건과 상황에서 생겨났으며 어떤 변화의 과정을 거쳐 지금에 이르렀는지를 따져 보라고 한다. 그러면서 도덕의 문제를 진지하게 다룬다면 그 보답으로 삶의 '명랑함'을 얻게 될 것이라고 장담한다. 이제 청년과는 다른, 새롭게 창조된 중년의 명랑함을 위해 나 자신의 '도덕의 계보'를 밝혀 보려고 한다. 든든한 후원자이자 안내자인 니체와 함께.

비극의 탄생

한 번도 상상하지 못했던 존재가 돼라

성승현

'순결한 사람이 되어야 한다. 성性이란 방탕하고 부끄러운 것이기 때문이다. 하지만, 너는 지키지 못할 것이고, 사람들로부터 손가락질 받을 것이고, 괴로워하게 될 것이다.' 나는 어릴 때 '순결'에 대한 강박이 있었다. 20대, 막 연애를 시작할 나이가 되었지만, 잘 되지 않았다. '정신적 교감은 좋지만, 육체적 관계는 아직!'이라며 스스로를 방어했다. 우연히 대학 선배로부터 혼전순결이란 게 얼마나 우스꽝스러운 관념인지를 듣게 되었는데, 그때의 충격이란. 하지만, 그것은 또 다른 시작이었을 뿐이다. '순결에 대한 집착이야말로 구시대적 산물'이라는 앎으로 바뀐 것이다. 앎은 바뀌었지만 나는 여전히 경직되어 있었고, 감각하지 못했다.

이렇게 경직된 삶에 답답함을 느낄 때 만난 것이 니체의 『비극의 탄생』이다. 그중에서도 나를 강렬하게 잡아당긴 건, '디오니소스적인 것'이었다. 파괴, 도취, 심연, 혼돈, 황홀경, 생명력 등을 상징하는 '디오니소스'라는 단어를 듣는 것만으로도 해방감을 느꼈던 것이다. 니체가 '삶을 변호하는 본능으로서의 본능'으로 『비극의 탄생』을 썼듯이, 경직된 삶으로부터 벗어나야 함을 내 본능은 원하고 있었던 것은 아닐까.

니체가 말하는 비극은 따로 있지 않다. 태어남과 동시에 죽음이 있고, 만남과 동시에 이별이 있는 것처럼 비극은 필연적이다. 그렇기에 '비극'을 곧 '삶'이라고 표현해도 된다. 중요한 것은 이것에 대한 태도다. 비극을 '소크라테스적'으로 겪을 것이냐, '디오니소스적인 것'으로 겪을 것이냐!

소크라테스적으로 겪는다는 것은 '앎'을 통해 비극을 겪는 것을 말한다. 니체는 비극이 에우리피데스(Euripides)고대 그리스의 비극 작가를 정점으로 '소크라테스적'으로 변했다고 본다. 말로써 모든 것이 설명되고, 학습 가능한 것이 됐다. '이론적 인간'의 탄생이다. 하지만 아무리 논리적으로 이론을 탄탄히 해도, 그것은 삶 위에서 매번 미끄러진다. 삶은 가상이고 착각이고 오류의 필연성을 근거로 하기 때문이다. 우리는 예측하지 못한 불운 앞에서 어떤 이론도 통하지 않는 경험을 하지 않는가. 그럼에도 이론적 인간들은 '인간'을 해결 가능한 과제들이라는 협소한 영역 속에 가두고, 지식과 학문으로 개선할 수 있다고 믿는다. 하지만, 아무리 지식이나 학문으로 무장을 해도 개별적 실존의 끔찍함을 들여다보게 되면, 겁을 먹고 마비되는 것이다.

그래서 니체는 '디오니소스적' 경험이 반드시 필요하다고 말한다. 지식으로 세운 개별적 삶에 대한 환상을 깰 수 있기 때문이다. 제의, 축제, 술과 같은 단어를 떠올려 보라. 이성적인 것, 형식적인 것은 사라지고 야생 혹은 본능만이 남는다. '힘에의 의지'만이 남아 있는 상태라고도 표현한다. 니체는 이를 '개별화의 속박이 분쇄되고 존재의 어머니들에게 이르는 길'이라고 했다. 개별적으로 자신을 규정하며 옭아맸던 개체로서의 '자기'를 '포기'하기에 이르게 되는 것이다. 물론, 개체는 찢김을 당하고 죽는다. 하지만, 그 개체는 지식과 학문으로 무장했던 현상으로서의 '나'일 뿐이다. 그 현상이 죽으면 삶을 추동하는 '힘에의 의지'만 남게 된다.

지식과 학문으로만 자신을 지킨다는 것은 얼마나 답답한 일인가. 어떤 존재로도 변이되지 못하는 신체, 사물의 가장 깊은 핵심에 이르지 못하는 신체, 그런 신체를 고집한다는 것이 말이다. 이제, 단 한 번도 상상하지 못했던 '자신'이 되어 보는 그런 경험의 길을 가 보는 거다.

안티 오이디푸스

내가 완벽하려 했던 이유

강지윤

나는 심리상담사이다. 17세에 상담사가 되겠다는 목표를 세운 이후 한눈 팔지 않고 달려왔다. 어린 나이에 자격증을 땄고 다양한 사람들과 여러 가지 문제로 만났으며 많은 경험을 통해 상담 능력을 향상시켜 왔다.

대기업과 공기업에서 직원을 상담하는 심리상담사로 일했고 일하고 있지만 글을 쓰는 지금도 나는 '부족한 상담사'라는 생각이 사라지지 않는다. 초보 상담사 때는 경험이 적어서 그럴 수 있다고 생각했다. 이후 시간이 꽤 지났지만 달라진 것은 없었다. 최신 트렌드의 상담공부를 해보기도 하고, 선배 상담사에게 가서 심리상담도 받았으며, 심지어 라디오상담도 진행해 보았지만

'부족한 상담사'라는 생각은 사라지지 않았다.

그렇게 노력했는데도 왜 그럴까? 어떻게 해야 '부족한 상담사'라는 결핍감에서 벗어날 수 있을까? 『안티 오이디푸스』에서는 이것을 내 개인의 문제가 아니라고 말한다. 신神이 있던 자리에 자본주의가 들어오면서 신神의 전달자인 사제의 자리를 정신과 의사나 심리상담사로 채웠다. 이제 사람들은 마음의 문제가 생기면 교회나 절이 아닌 심리상담센터로 발걸음을 옮긴다. 사람들은 상담사에게 고해성사를 하고 헌금 대신 값비싼 상담료를 지불했으며 상담사를 찾아가야만 자신의 마음을 위로받고 문제에 대한 해결책도 얻을 수 있다고 믿는다. 그러면서 사제에게 원하던 것을 심리상담사에게도 똑같이 원했다. 신을 따르는 완벽한 인간에서 사람들의 고민을 해결해 주는 완벽한 인간으로 말이다.

사람들에게 딱 맞는 솔루션을 제공해 주려면 인간에 대한 깊은 이해와 폭넓은 지식, 훌륭한 품성이 있어야 한다. 상담실에 오는 사람의 모든 것을 파악하고 상대에게 딱 맞는 해결책을 주려면 그들보다는 여러모로 나아야 했다. 그래서 열심히 노력했지만 사람마다 맞춤형 답을 주는 것은 불가능했다. 심지어 그들의 이야기가 지겨워 졸기도 했고 '상담받는 사람이 오늘은 오지 않았으면' 하기도 했다. 사람들의 마음을 평온하게 하기는커녕 내 감정만 오르락내리락했다. 『안티 오이디푸스』를 읽기 전까지는 그런 나를 '결함투성이'라고 생각했다.

> 분석가는 신이 아니라 당신과 같은 인간 존재이며, 근심들, 결함들, 야심들, 약점들을 갖고 있다는 것을, 그는 모든 것을 아우르는 지혜(=코드)의 보고가 아니라, (탈영토화된) 길을 따라가는 방랑자라는 것을 당신이 깨닫는다면(…)(질 들뢰즈·펠릭스 가타리, 『안티 오이디푸스』, 김재인 옮김, 민음사, 2014, 554쪽)

『안티 오이디푸스』는 나에게 다르게 말했다. 내 '약점'과 '결함' 때문에 해결책을 못 주는 것이 아니라 그들만큼이나 나도 인생에 대해 갈팡질팡하는 사람이며 삶에 대해 고민하는 한 사람일 뿐이라고 말이다. 상담실에 오던 그들과 나는 같은 사람이었다. 나는 완벽함을 향해 가는 사제가 아니라 한 사람의 방랑자였다. 갑자기 마음이 가벼워지며 뭉클했다. 나를 괴롭히던 것이 바로 이것이었구나! 자리에서 벌떡 일어나 마음가는 대로 덩실덩실 춤을 추었다.

『안티 오이디푸스』에서 강조하는 것은 개인의 욕망은 개인의 것이 아니라는 점이다. 그것은 자본주의 사회가 개인의 무의식에 심어 놓은 사회적 욕망이라고 한다. 내가 버겁게 추구했던 완벽함이라는 욕망은 나만의 것이 아니라 자본주의 사회의 욕망이기도 했다. 그것을 모르는 채 살았다면 천근만근의 사제복을 입고도 그 길밖에 없다고 믿으며 살았을 것이다. 나는 이 책을 통해 자본주의 사회가 개인의 욕망을 구성하는 시스템에 대해 들여다보고자 한다. 그 속에서 완벽한 상담사이기를 바랐던 나의 욕망과 내 욕망의 기원을 찾아보아야겠다. 더불어 상담사로서의 내 삶도 고민해 보아야 할 것 같다. 다시 한 번 내가 자유의 춤을 출 수 있기를 기대해 본다.

안티 오이디푸스

'짝짓기'로서 존재하는 삶

이호정

옷을 골라 입고 화장을 한다. 거울을 본다. 나름 예쁘다. 이 정도면 크게 꿀리지 않을 것 같다. 누군가와의 만남에 있어 '꿀리지 않는' 건 아주 중요하다. 만나서도 계속 신경을 쓴다. '내 이야기가 별로인 건 아닐까?', '내 인생을 후지게 보고 있지는 않나?' 이러니 누구 하나 만나는 건 굉장히 피곤한 일이다. 만나기 전부터 후까지 검열에 시달려야 하기 때문이다. 그것도 24시간 붙어 있는 내 안의 '나'에게 말이다.

검열자는 도처에서 기능했다. 그는 늘 나 자신을 '부족한 존재'로 몰아세웠다. 행동 하나, 말 하나마다 후회가 돌아왔다. 그렇다고 그 부족함을 메꾸기 위해 실제적인 노력을 했는가 하면,

것도 아니다. 그냥 부족한 그 자체가 '나'였다. 그게 '나'인데, 어쩔?

이런 '나'의 세계에 『안티 오이디푸스』가 침입했다. 첫 장부터 충격과 공포였다. "젖가슴은 젖을 생산하는 기계이고, 입은 이 기계에 짝지어진 기계이다." 철학책이라면서 '나'는 안 보고 내 몸의 일부를 본다. 왜? 게다가 내 입과 가슴이 '기계'란다. 사람인 내가 기계라고? 왜?? 엄청난 의구심을 불러일으켰다는 점에서 이 책은 철학책이긴 했다. 하지만 한동안 나는 공포 속에서 떨어야 했다. 나를 조각조각 잘라진 것으로, 인간이 아닌 것으로 보게 만드는 SF호러….

그렇게 '내'가 '기계들'이 되자, 내 안의 검열자는 졸지에 백수가 됐다. 이제는 딱히 그가 처리할 문제가 없었다. 내가 뭔가 부족한 문제가 아니라, 기계들이 벌이는 짝짓기의 문제였기 때문이다. 기계들은 늘 다양한 짝짓기를 하고 있었는데, 그렇기 때문에 순간마다 무수한 조합들이 생겨났다. 이른바 기계들의 짝짓기 파티!

> 모든 것은 기계를 이룬다. 별들이나 무지개 같은 천상 기계들, 알프스 기계들, 이것들은 렌츠의 몸의 기계들과 짝짓는다. 기계들의 끊임없는 소음. 〈온갖 형태의 깊은 삶과 접촉하는 것,

돌들, 금속들, 물, 식물들과 영혼을 교감하는 것, 달이 차고 기울에 따라 꽃들이 공기를 빨아들이듯 꿈에 잠겨 자연의 모든 대상을 있는 그대로 맞이하는 것, 렌츠는 이런 것들이 무한한 지복의 느낌임이 틀림없다고 생각했다.〉(질 들뢰즈·펠릭스 가타리, 『안티 오이디푸스』, 김재인 옮김, 민음사, 2014, 24쪽)

렌츠보다 앞서 작동하고 있는 '기계들.' 눈-기계는 밤하늘의 별과 만나 반짝거리느라 바쁘고, 귀-기계는 수천의 나뭇잎들이 떨리는 소리에 맞춰 왈츠를 춘다. 파르르르~ 파르르르~ 발바닥-기계는 또 어떻고? 그것은 돌들과의 접촉을 일으킬 때마다 돌의 생김새를 어림짐작하느라 몹시 예민해져 있다. 눈이 안 달려 있으니, 블라인드 테스트랄까. 한편, 코-기계를 타고 들어간 밤 공기는 폐 세포-기계와 만나 얼싸안으며 첫인사를 하고 있는 중~ 기계들은 대상을 가리지 않고 끊임없이 소음을 일으키며 곳곳에서 짝짓기 활동을 하고 있다. 렌츠라는 '인물'은, 나라는 '자아'는 단순히 이 기계들의 효과에 지나지 않는 게 아닐까?

'자아'의 세계는 온통 나 하나로 가득 차 있다. 그 세계에서는 무엇을 만나도 오직 한 종류의 삶만이 있다. 내게 결핍된 것을 캐내고 찾아내는 삶. 나의 부족함 외에는 어떤 것도 그 안에 발을 들여놓을 수 없다. 모든 만남이 그저 하나의 피곤한 일로 귀결되는 곳, 그곳이 바로 '자아'의 세계다. 반면에 '기계들'의 세계는 아주 경쾌하다. 그곳은 결핍으로부터 출발하는 대신, 무엇과도 거침없이 곧바로 접속한다. 그렇기 때문에 실제로 온갖 형태의 만남들이 이루어진다. 그 만남 하나하나가 우글거리며 살아 숨 쉬고, 그리하여 만나는 것들 모두가 저마다의 삶을 만들어 내는 곳, 수천수만의 짝짓기가 삶을 이루고 있는 기계들의 세계.

『안티 오이디푸스』는 나에게 '살아 있다'는 게 어떤 건지를 다시 보게 한다. 자아의 세계를 지키며 사는 게 정말 생명으로서의 삶일까? 오히려 자아는 온갖 짝짓기로서 존재하는 나를 소외시키는 게 아닐까? 이렇게 조금씩 자아의 세계에 안티를 거는 일은, 한편으로 나를 아주 새로운 세계에 이끌리게 한다. 나도 다르게 살아 있고 싶다. 결핍감에서 벗어나 검열자의 시선을 떨치고, '찐'~한 짝짓기의 세계를 만나고 싶다. 자아에 매몰된 내가 아닌, 생명으로서의 삶을!

천 개의 고원

얼굴을 지워라!

김지숙

"지금이 어느 시대인데 아직도 그런 거에 신경 써요?" '한부모 가족'이라는 언표 때문에 힘들다는 내게 오랜만에 만난 지인이 했던 말이다. 정말 나는 왜 이러고 있는 것일까. 경제적으로도 어렵지 않고 아이들도 잘 자라주고 있는데 뭐가 문제지?

곰곰이 생각해 보니, 나는 저 언표가 힘든 것이 아니라 남편의 부재 그 자체가 힘든 것이었다. 말하자면 그것으로 인해 내 자아가 타격을 받았다고 생각되어서였다. 나에게는 삶에 대한 환상이 있었다. '완벽함, 완전함' 같은 이데아 말이다. 이것에 맞춰 내 영토를 일구며 살아왔다. 거기에 흠집을 내는 사람들이 싫었고, 그런 사람들과 관계를 맺고 싶지 않았다.

집을 나간 후 깡패가 되어 찾아온 오빠를 만나지 않았던 것도, 아토피가 심한 아이를 귀찮아하고 미워했던 것도 다 그런 이유였다. 자상하고 똑똑한 남편은 내 영토를 촉촉하게 적셔 주고 빛나게 해주는 최고의 존재였다. 이런 남편이 없으니 마치 내 영토가 말라 비틀어져서 초라해진 것 같아 견딜 수가 없었다. 그런데 남편이 중환자실에 식물인간처럼 누워 있을 때 빨리 보내자고 했던 사람이 누구인 줄 아는가. 바로 나다. 온전하지 못한 그를 감당할 자신도 없었고, 무엇보다도 그로 인해 내 삶이 엉망진창 되는 게 싫었다. 그러고 보면 지금 나는 건강할 때의 남편만을 기억하며 아쉬워하고 있는 것이 아닐까. 지독한 탐욕이다.

그동안 여러 텍스트들을 읽었지만 이런 내 모습을 적나라하게 보게 된 것은 『천 개의 고원』을 만나면서였다. 보다시피, 나는 나를 중심으로 놓고 모든 것을 대상화하면서 재단하고 있다. 나를 빛나게 할 수 있느냐 없느냐로 말이다. 이것을 들뢰즈와 가타리는 '흰 벽(뺨)과 검은 구멍(눈)'이라는 '얼굴성'으로 설명한다. '얼굴'이란 타인에게 나를 전달하는 채널이다. 표정을 통해 내가 드러나는데 이는 '얼굴성'이 작동하고 있다는 뜻이다. 즉 내 안의 확고한 관념을 흰 벽에다 적어 놓고서는 그것에 맞춰 사람들을 줄 세우고, 그런 다음 검은 구멍 안으로 빨아들일지 말지를 결정하는 것이다. '남편, 공부, 감이당은 yes! 깡패, 아토피, 불구는

No!'라는 식으로. 동일화하거나 배제하는 것, 이것이 '얼굴성'이 가진 실체이자 폭력이다. 그런데 '얼굴성'은 자의식을 작동시키기도 한다. 자의식이란 세상 사람들이 나(얼굴)를 보고 있다는 망상이다. 여기에 매몰되면 끊임없이 자신을 검열하고 인정욕망에 시달리게 된다.

이제 알 것 같다. 내가 사람들의 반응에 촉각을 세우며 감정의 동요가 심했던 것도, 일이 잘못되었을 때 자책하며 나를 몰아세웠던 것도 모두 '얼굴성'에 빠져 허우적거리고 있었기 때문이라는 것을. 생명 에너지를 엉뚱한 곳에 낭비하고 있는데도 멈추지 못하는 어리석음! 그래서 들뢰즈와 가타리는 자의식을 깨뜨릴 것을, 다시 말해 나를 덜어내고 얼굴을 지울 것을 강력하게 요구한다. 한마디로 '주체의 해체'인데 이것은 『천 개의 고원』을 관통하는 주제이기도 하다.

사실 열다섯 개의 고원이 펼쳐 내는 이야기가 모두 다른 것 같지만, 자세히 보면 각각의 고원은 '얼굴성'에 대한 변주곡임을 알게 된다. 즉 하나의 욕망만을 꿈꾸며 위계를 설정하는 수목적 삶, 무의식 안에 '수많은 나'가 있음에도 불구하고 모든 것을 엄마-아빠-나로 환원해 버리는 정신분석, 고정관념들로 지층화되어 있는 몸, 의사소통이 아닌 명령어가 되어 버린 일상의 대화 등은 알게 모르게 주체를 상정하는 모습들이다.

그런데 들뢰즈와 가타리는 왜 이렇게까지 파고든 것일까. 그건 얼굴을 해체하는 일이 쉽지 않다는 것을 보여 줌과 동시에 그것과의 전쟁을 선포하는 것에 다름이 아니리라. 그렇다. 이제 나도 『천 개의 고원』을 무기로 삼아 얼굴을 지우는 전쟁에 참여하려 한다. 이것이야말로 나를 진정 배려하고 살리는 길이기에.

산시로

생명본위生命本位로 산다는 것

이소민

20대 중반 나쓰메 소세키夏目漱石의 『산시로』三四郎와 처음 만났다. 산시로는 고등학교를 졸업하고 이제 막 도쿄대학에 입학한 청년이다. 시골 출신인 그에게 세상은 마치 자신을 남겨 둔 채 너무나 빨리 흘러가는 듯했다. 그 사이에서 아무 이유 없이 불안해지고, 앞으로 어떻게 살아야 할지 망설인다. 취업을 앞둔 대학교 4학년 때의 나도 무엇에 쫓기듯 참 불안했다. 내가 어떤 것을 잘하고 좋아하는지도 모르는 채 남들처럼 일단 어디든지 원서를 넣어야 했다. 그때는 무엇이든 결정되기만 하면 이 불안함이 해소될 것 같았다.

다행히 졸업 전에 취직이 되었다. 그런데 잊고 지냈던 불안함이 금세 다시 찾아왔다. 직장을 다니다 '뭔가 이 길이 아닌 것 같다'는 생각에 퇴사하고 감이당에서 공부를 시작했다. 몇 해가 지났을까. 우연히 『산시로』와 다시 만나게 되었다. 이번엔 주인공 산시로가 아니라 히로타 선생에게 눈길이 갔다. 히로타 선생은 평범한, 심지어 하찮아 보이기까지 하는 중학교 교사다. 겉으로 보기에 '태평'한 생활을 하는 것 같지만 반대로 그의 머릿속은 '격렬히' 움직인다. 히로타 선생은 변화하는 도쿄에 휩쓸리지 않고 세상에 대해, 사람에 대해, 그리고 어떻게 살아야 하는지 생각하고 천천히 자신만의 속도로 살아간다.

내 모습은 어느새 히로타 선생과 닮아 있었다. 감이당에서 생활한 후 언니들과 공동주거를 하고 매주 산에 다녔다. 학자금 빚을 갚기 위해 다시 취직해 매달 80만 원씩 갚았다. 학기마다 텍스트를 읽고 에세이를 쓰는 것도 멈추지 않았다. 한 3년 정도 이렇게 생활했을까. 산만하던 일상이 차분해졌다. 그러면서 질문이 생겼다. '꼭 정규직이 되어야 하는 걸까?', '결혼하기 전에 동거하면 안 되는 걸까?', '돈은 얼마나 모아 두어야 하는 걸까?' 등등. 나름 히로타 선생처럼 '격렬'하게 고전을 읽고 쓰면서 그 당시 만나는 문제들을 고민했고 스스로 결론을 내렸다.

히로타 선생의 서생 요지로는 그를 '철학자'라 칭한다. 나쓰메 소세키는 철학자를 '자기본위'로 살아갈 수밖에 없는 존재라

한다. 자기본위란 타인의 평가에 휘둘리는 게 아니라 어떤 개념이든 "근본적으로, 그리고 자력으로 만들어 내는 방법"(나쓰메 소세키, 「나의 개인주의」, 『나쓰메 소세키 문명론』, 황지헌 옮김, 소명출판, 2004, 236쪽)이다. 나쓰메 소세키에 의하면 나는 이제껏 철학을 하고 있었던 것이다. 철학자란 단순히 어떤 무거운 문제를 붙잡고 고뇌하는 사람이 아니었다. 그저 자신의 언어와 방식으로 세상을 살아가는 사람인 것이다.

그렇다면 어떤 철학으로 살 것인가? '공부하는 삶을 살겠다'고 정한 뒤에는 이전처럼 불안하지 않다. 그런데 아이를 낳고 키우면서 또 다른 문제가 생겼다. 난생처음 접속한 맘카페에 중독된 것이다! 수유하면서도, 밥을 먹으면서도 자꾸만 맘카페에 접속했다. 맘카페에는 저렴하게 아기 용품을 팔거나 아니면 그냥 주는 경우도 많아 더 자주 드나들었다. 언젠가 내가 원하던 물건이 올라왔는데 몇 분 차이로 놓친 적이 있었다. 순간! 심장이 두근거렸다.

맘카페를 하면 할수록 즐거운 것 같았지만 피곤했다. 단 몇천 원 저렴하게 사겠다고 오직 핸드폰만 붙잡고 있으니 생명에너지가 고갈되는 느낌이었다. 당장 카페 앱을 지웠다. 육아일기를 쓰고, 108배를 시작했다. 비축한 체력으로 아기와 더 잘 놀아줄 수 있게 되었고, 이전보다 삶이 단순하고 생기있어졌다. 육아하면서 시간이 없다는 말은 핑계였다. 오히려 글쓰기와 운동은 삶의 집중력을 키워 주었다. 또 다시 생명에너지를 위협하는 상황이 오면 과감히 차단할 것이다. 어떤 상황에서도 내 생명에너지를 지켜 나가는 것. 그것이 바로 생명본위의 삶일 것이다.

사람들은 흔히 『산시로』를 20대의 혼란과 불안, 연애를 다룬 청춘 소설이라고 한다. 하지만 나는 『산시로』와 함께 20~30대를 통과하며 자기본위, 나아가 생명본위까지 발견해 냈다. 또 언제 어떤 질문으로 케미를 이루게 될지! 그래서 나는 『산시로』 읽기를 멈추지 않는다.

그리스인 조르바

자유를 원한다면 조르바처럼

한정미

나는 『그리스인 조르바』를 쓴 니코스 카잔차키스라는 인물이 궁금했다. 그는 어떻게 이런 책을 써서 나에게 자유로움과 활기와 설렘을 주는 것일까? 일상에서 찌들고 무기력한 나는 『그리스인 조르바』만 읽으면 갑자기 즐거워지고 수다스러워지고 피곤해서 가물거리던 눈에 생기가 돈다. 특히나 그의 묘비명 "나는 아무것도 원하지 않는다. 나는 아무것도 두려워하지 않는다. 나는 자유다"를 만났을 때, 어쩜 이렇게 당당하게 외칠 수 있을까? 정말 부럽다, 대단하다! 라는 감탄과 함께 나도 저렇게 살고 싶다는 생각이 들었다.

가족, 직장에 얽매여 있는 삶에서 자유로워지고 싶어 부산을 떠나왔다. 끊임없이 무언가를 달성하고 목표를 이루어야 한다고 생각했기에 집이든 직장에서든 인정받고 싶은 욕망이 나를 아프게 했다. 그런 삶을 공부로 변화하고 싶어서 떠나왔지만 오래 묵은 습관은 여기 감이당에 와서도 여전했다. 더 잘하려고 혼자 경쟁하고 공부에 대한 결과를 빨리 내어서 가족들과 학인들에게 인정받고 싶었다. 어느덧 초심은 사라졌다. 하루하루가 지치고 힘들고 어깨는 더 무거워지고 불안과 걱정으로 가득 찬 나날들이 되어 갔다.

그나마 여행을 떠나면 인정받고 싶은 욕망에서 벗어나는 것 같았다. 일단 나 자신이 경쟁 구도로 만들어 놓은 일상을 도망치듯 벗어나 전에 보지 못했던 풍경과 햇빛과 공기와 사람들을 만나면 자유로웠다. 말이 통하지 않아도 낯선 풍경에서 내 얼굴빛은 생기가 돌고 표정이 밝아지고 가슴 벅찬 행복을 느꼈다. 그렇게 몇 번의 여행들은 일상에서 얻지 못했던 새로움과 큰 기쁨을 나에게 선사했다.

그런데, 카잔차키스를 만나고 그의 여행을 살펴보니 현재의 욕망을 외면하고 휴식을 취하듯 일상을 탈출하는 나와 무척 달랐다. 그는 대학을 졸업하던 해부터 74세로 죽을 때까지 거의 50년 동안 여러 곳을 여행했다. 삶 자체가 길 위의 삶이었다. 자신의 여행을 "순례"라고 부르며 "내 삶을 풍요롭게 해준 것은 여행과 꿈이다"라고 말했다. 길을 가면서 심연 깊숙한 곳에 묻혀 있는 자신을 토해 내며 끊임없이 질문하며 걸어 가는 사람이었다.

그는 소설 『그리스인 조르바』에서 여행과 삶의 철학을 보여 준다. 길 위에서 낯선 떠돌이 조르바를 만나서 동행하고 우정을 나누고 서로에 대해서 질문한다. 그리고 자유에 대해서, 인간에 대해서, 자연에 대해서, 신에 대해서, 전쟁과 죽음에 대해서 서로 묻고 대답하고 먹고, 마시고, 걸어간다. 그리고 "자유를 원하는 자만이 인간"이라고 말한다.

아! "자유"라는 단어가 그를 평생 질문하게 했다. 끊임없이 구도의 길로 가게 했었다. 그리고 평생을 찾아다녀도 만날 수 없었던 사람, 활기차고 유쾌하며 "살아 있는 가슴과 커다랗고 푸짐한 언어를 쏟아 내는 입과 위대한 야성의 영혼을 가진 사나이, 아직 모태인 대지에서 탯줄이 떨어지지 않은 사나이, 조르바"를 만났다. 그리고 "조르바라는 학교"에 들어가서 삶의 알파벳을 다시 배우고 몸과 영혼이 합체되는 것을 깨닫고 구원을 받았다.

나는 카잔차키스의 여행기에서 "자유"에 대한 새로운 생각을 가지게 되었다. 그리고 자유로운 인간이 되고 싶다는 소망으로 그의 발자취를 따라가려 한다. 나도 내 안에서 일어나는 욕망을 피하지 않고 용기를 가지고 당당히 맞서 보자! 지금 내가 무엇을 원하는지? 무엇을 두려워하는지? 무엇으로부터 해방되고 싶은지? 끈질기게 나에게 물어보자. 유쾌하고 두려움을 모르는 조르바처럼 자유, 활기, 용기를 외치며 매일 만나는 길 위에서 즐겁고 유쾌하게 일상을 여행하는 여행자가 되어 보자!

나의 『열하일기』 실패기

남다영

2019년 5월 중순, '나는 왜 『열하일기』를 읽는가'라는 주제로 글을 쓰기 시작했다. 매주 글을 쓰고, 피드백을 받고 다시 썼다. 17주가 흘렀다. 100일이면 곰도 사람으로 변한다던데, 나의 글은 100일이 훨씬 넘도록 어디로 가야 할지 갈피를 못 찾았다. 『열하일기』熱河日記를 읽으며 나는 분명 연암燕巖의 호기심과 행로, 독특한 시선에 연신 감탄을 했건만! 막상 글을 쓰려 하면 '좋았다!'라는 말밖에는 할 수 없었다. 기껏해야 책에 있는 장면들을 늘어놓을 뿐, 내가 무슨 말을 하고 싶은지를 찾지 못했다. 글은 늘 주제가 명확하지 않고, 겉돌았다.

시간이 지나도 글이 나오지 않자, 나는 점점 조급해졌다. 그리고 글 대신 다른 것들이 늘어났다. 하나, '써야 한다'는 압박감과 함께 키보드 앞에서 일시정지 된 시간이 늘어났다. 둘, 늘 머뭇거리고 마감시간 직전에 부랴부랴 쓰느라 오타와 비문도 점점 늘었다. 셋, 매일 글 쓴다고 앉아 있으니, 주위에서 글 다 썼냐고 묻는 일도 많아졌다. 그럴수록 나는 빨리 써 내야 한다는 조바심에 섣불리 결론부터 내려고 했다. 첫 문단도 채우지 못하고 끙끙거리고 있으면서 말이다. 부끄럽고 숨고 싶은 마음만 잔뜩 올라왔고 혼자 집에 틀어박혀 있는 시간이 많아졌다.

이런 나와 달리 연암은 여행을 하며 매 순간 쓴 메모와 원고들로 보따리를 가득 채워 간다. 청나라 사람들이 똥덩어리처럼 하찮은 물건을 다루는 모습부터 황제의 스승 판첸라마를 만나고 길거리에서 기묘한 마술쇼를 보던 이야기까지! 뭔가를 쓰지 않고는 배길 수가 없었던 것이다. 나는 그런 연암을 상상해 보다가 문득 나 자신이 글에 대해 가졌던 조바심을 떠올렸다. 정신이 확 들었다. 연암은 자신이 만나는 세상 자체가 글 쓸 거리였다. 연암의 시선은 언제나 남들을 향해 열려 있었던 것이다. 그런데 나는 글을 쓰면서 다른 사람들은커녕, 오직 내가 가지고 있는 것을 움켜쥘 생각만 하고 있지 않았던가.

그동안 나는 내가 지내고 있는 연구실, 남산강학원과 감이당 생활을 놓칠 수 없다는 생각으로 글을 쓰고 있었다. 4년이 다

되어 가는 연구실 생활은 익숙하고 안전했다. 사건·사고가 끊이지 않지만 함께하는 친구들이 있었고, 적게 벌지만 내 생활을 감당할 수도 있었고, 공부는 평생 해도 끝나지 않을 양이었다.

그에 비해, 연구실 바깥은 전혀 살 만해 보이지 않았다. 혼밥, 혼술이 너무 흔할 만큼 사람들은 외롭고 각박해 보였다. 거기다 요즘은 취직도 힘들고, 운이 좋게 취직을 한다 해도 바로 퇴사 생각을 하고, 언제 그만둘지 몰라 불안해 보였다. 그런 세계로 가고 싶진 않았다. 그런데 연구실 생활을 놓치면 나는 이 애매한 나이에 취직은커녕 알바 자리만 전전하다가 비참한 끝을 맞이할 것 같았다.

헉, 그럴 순 없었다. 나는 연구실 안에서 더 좋은 모습을 보여 내 가치를 인정받아야 했다. 내 시선은 오로지 나에게로 쏠리기 시작했다. 스펙 쌓듯 나를 증명하기 위해 더 열심히, 더 많은 것들을 했다. 더 많은 결과를 내기 위해서는 당장 내 눈앞에 있는 활동을 어떻게 해야 효율적으로 끝낼 수 있는지가 가장 중요했다. 늘 다음, 그 다음을 생각하느라 주위 사람들이 뭘 하고 있는지는 궁금하지 않았다. 오히려 회의시간은 물론 친구들과 이야기 나누는 시간도 조금만 길어지면 부담스러워졌다. 그러면서 '내가 잘못한 건 없는지', '사람들이 나를 어떻게 바라보고 있는지'에 대해 전전긍긍했다. 내 평판이 어떤지를 신경써야 했기 때문이다. 피곤했다. 얼른 끝내고 쉬고 싶다는 생각뿐이었다. 나만을 향한 세상에는 오로지 불안과 긴장, 그리고 피곤함밖에 남아 있지 않았다.

이 상태로는 연암을 만날 수 없었다. 연암이 누구인가. 천하를 널리 구경하기 위해 만 리 길도 마다하지 않는 사람이었다. 그의 눈에는 자신이 어떻게 보일지에 대한 두려움도, 인정받아야 한다는 조바심도 없었다. 호기심 가득한 세계가 펼쳐져 있을 뿐. 연암은 그 속에서 설렘과 기쁨을 몸소 보여 주고 있었다. 어차피 밑져야 본전 아닌가. 이젠 불안으로 움켜쥔 나의 세계는 내려놓고, 연암의 호기심 어린 그 눈을 배워 가고 싶다.

2부

질주를 멈추게 해준 고전

장자
유식30송
도덕의 계보학
안티 오이디푸스
이옥 전집
회남자
금강경
맛지마니까야

장자

쓸모없음의 큰 쓸모

이경아

“승진이나 상은 남한테 미루지 말고 할 수 있을 때 해라.”—내가 항공사에 입사하자 아버지께서 하신 말씀이다. 아버지의 욕망과 내 욕망이 만나 승진을 위해 달렸다. 승진을 하면 월급 인상 외에 권력이 생긴다. 비행기 매니저를 하게 되면 평가권도 갖고, 그 비행에서는 최고 권력을 갖는다. 대형기일수록 더하다. 그래서 다들 빨리 승진해서 매니저가 되고자 한다. 회사는 승진을 미끼로 충성을 요구한다. 승진을 하면 다음 승진을 위해 또 달린다. 회사는 직원을 소모품으로 본다. 소모품 중 품질 좋은 소모품이 되라며 충성을 요하는 건 기본이고 성형과 몸매관리도 자기관리라며 독려한다. 그러다 기내에서 일하다 다치거나 아파서 병가

가 길어지면 그 직원은 쓸모가 없어지고 회사의 지출을 늘리는 불편한 존재가 된다. 회사는 그런 불편함을 당사자가 느껴 그만두도록 압박을 한다. 그런 일을 하는 중간관리자도 윗선의 필요에 따라 같은 처지가 된다. 더 윗선은 오너의 마음에 달렸다.

승진 경쟁에서 자유롭지 않았던 나는 체력에 한계가 왔고, 더는 회사의 소모품으로 살기 싫었기에 과감히 사직서를 냈다. 그때 든 생각은 이제 쓸모없는 인간이 될 거라는 두려움이었다. 회사가 나를 상품으로 취급하는 게 싫었는데도 여전히 삶은 돈으로 평가받는다고 생각했다. 돈이 있어야 부모에게 효도하고 자식에게 당당하고 남에게도 무시당하지 않는다고 생각했다. 돈을 벌어 나의 능력을 증명하고 싶었다. 그래서 백수생활 시작 후 처음 한 일도 재건축 관련 일이다. 그곳은 회사보다 더했다. 오직 돈이었다. 청렴하다고 믿었던 현직 교수인 조합장이 뇌물 관련 사건으로 구속되는 것을 보며 그곳을 떠났다. 유용성에 대한 내 전제는 의심하지 않고 남들만 욕심이 많다고 생각했다. 그러다 이런 삶 말고 다른 삶이 있지 않을까 고민하던 중 고전 공부를 시작했고 『장자』를 만났다.

장자는 사당목인 상수리나무를 예를 들어 무용지용無用之用을 역설한다. 목수 석石이, 높이는 산을 굽어볼 정도이고 둥치가 백 아름 정도나 되는 사당목을 보며, 제자에게 배로 만들면 가라

않고 관을 짜면 곧 썩을 나무인데 그 덕에 오래 살 수 있었다고 한다. 그러자 사당목이 석의 꿈에 나타나 "나를 무엇에 비교하는지? 열매를 맺는 재능이 있는 나무는 그 재능 때문에 가지가 꺾이어 천수를 누리지 못하는 것이니 화를 스스로 자초한 셈이다. 나는 오래전부터 쓸모없기를 바라왔는데 몇 번의 죽을 고비를 넘기고 이제야 당신 덕에 완전히 그리되었으니 그것이 나의 큰 쓸모였다"고 이야기한다. 또 둘 다 하찮은 사물인데 어찌 상대방을 하찮다고 하며, 죽을 날이 가까운 쓸모없는 인간이 쓸모없는 나무 운운하느냐고 반문한다.

장자는 삶을 삶 자체로 보라고 한다. 무엇이 진정 생명을 위한 것인지 질문하게 한다. 장자가 말하는 큰 쓸모는 양생養生이다. 이 사당목은 남들이 유용하다고 생각하는 재능이 없기에 오히려 천수를 누리고 있다. 돈이 없다고 비루한 삶인가? 돈이 많으면 고귀한 삶인가? 예수님이나 부처님이 돈이 많아 공경의 대상이 되고 있나? 부자들이 돈이 없어 자신의 삶을 중독이나 폭력으로 몰고 가나? 장자는 내가 쓸모없음의 유용성에 눈을 뜨도록 해주었다.

난 그동안 돈이 되지 않는 일상은 무시하고 살았다. 돈을 버는 것도 일상을 살기 위한 일인데 돈으로 환산되는 가치들을 절대화하며 소중한 일상과 내 몸을 제물로 삼았다. 돈이라는 작은 것으로 큰 내 삶을 평가받고자 했다. 이제 장자를 통해 새로운 삶의 비전을 만나 굳어 버린 전제들을 하나하나 깨며 자유로워지고 싶다.

유식30송

고집불통 망나니 들여다보기

이기웅

나는 오랫동안 '통제되지 않는 나' 때문에 힘들었다. 분노, 질투와 같은 감정들은 한번 일어났다 하면 제멋대로 작동하여 타인과의 소통을 망쳐 나를 곤혹스럽게 했다. 이런 괴로움을 해소하고자 술에 취하게 되면 심하게 고집을 부리곤 했다. 심지어 정신을 잃고 길바닥이나 아파트 엘리베이터 안에서 잠드는 경우도 있었다. 이 때문에 가족들이 힘들어했다. 내 안에는 '고집불통 망나니'가 하나 더 살고 있는 것 같았다. 얼마 전까지만 해도 이런 나를 창피하게 여겨 감추려고만 했었다. 나에게 있어서 통제되지 않는 무의식 세계는 괴로움 그 자체였다.

어느 날 우연히 나는 딸이 깔아 준 팟캐스트를 통해 법륜스님의 즉문즉설을 듣게 되었다. 질문자에 대한 스님의 설법들이 얼마나 지혜로운지 탄성이 절로 나왔다. 나는 그해 봄 정토회 불교대학에 입학하여 불경을 공부하기 시작했다. 불교를 통해 괴로운 내 삶을 바꿀 수 있을 것 같았기 때문이다. 회사를 마치고 귀가하면 매일같이 『금강경』을 필사했고, 그래도 이해가 잘 되지 않아 통째로 외웠다. 『금강경』을 필두로 『반야심경』, 『법성게』, 『천수경』 등 모두 암송했다. 경전들은 한결같이 나에게 괴로움의 근원은 '나'에 집착하는 '아상'我相 때문이라고 했다. 그러나 머리로는 이해가 되지만 그 뜻이 가슴으로 와닿지가 않았다. 그러던 중 불교대학 도반의 소개로 감이당에서 『주역』 등의 인문학과 『화엄경』, 유식唯識 등 많은 경전들을 공부하게 되었다. 그중 심心·의意·식識을 심도 있게 다룬 정화스님의 『유식30송』이 내게 깊은 인상을 주어 여러 번 읽었다. 어쩌면 유식 공부를 통해 나의 무의식세계를 알 수 있을 것 같았기 때문이다.

유식에서 말하는 무의식세계의 실체는 무엇일까? 무의식세계는 8식과 7식이 있다고 한다. 8식(아뢰야식)은 과거 경험들을 하나도 빠뜨리지 않고 씨앗(업습기)으로 저장한다. 7식(말나식)은 그런 8식을 바라보며 '자아'라고 인식하고 집착하여 모든 의식세계를 자기 식대로 채색한다. 따라서 말나식은 끝없는 갈애渴愛를 일으키는 '자아'의 근본바탕이며, 모든 분별의 원인이 된다.

결국 아뢰야식에 켜켜이 쌓인 습기와 그것을 자아라고 고집하는 7식이 나의 무의식의 실체였다. 결국 제멋대로 작동하여 나를 괴롭히는 무의식의 굴레에서 벗어나서 자유롭게 살기 위해서는 습관의 종자를 바꾸고, 분별하는 나를 알아차려야 한다는 데 도달했다.

어떻게 습관의 종자를 바꾸고, 무의식의 굴레에서 벗어날 수 있을까? 그 해결의 실마리는 7식의 조종을 받는 제6의식에 있는 것 같다. 우리가 사건을 만나면 먼저 느낌이 일어나고, 그 느낌에 따라 좋거나 싫은 감정이 생긴다. 좋으면 가지고 싶고 싫으면 멀리하려는 의지작용이 생기며, 결국 실행에 옮겨 선악善惡의 업을 짓게 된다. 유식에서는 의지작용이 생기기 바로 전 단계인 올라오는 감정에 집중하라고 한다. 즉 마음에서 일어나는 감정들을 '자아'에서 분리시켜 바라보라는 것이다. 요동치는 감정들은 집착하면 할수록 그 세력은 더욱 강성해지고 자신을 더 세게 옭아맨다. 그러나 감정에서 적당히 떨어져서 바라보면 그 감정들은 시간이 지남에 따라 저절로 사라진다. 사실 인간이 몸을 가지고 태어난 이상 모든 욕망이나 그 욕망에서 파생되는 감정들을 다 없앤다는 것은 근본적으로 불가능해 보인다. 오히려 요동치는 감정을 없애며 통제하기보다는 자아에서 감정들을 분리시켜 바라볼 수 있는 힘을 기르는 것이 감정을 제어하기가 수월해 보인다. 온갖 감정들과 함께 살면서도 거기에 예속되지 않는 삶! 이렇게 수행해 간다면 켜켜이 쌓인 습기를 닦아 내고, 제멋대로 작동하여 나를 괴롭게 했던 무의식의 굴레에서 벗어날 수 있지 않을까? 어쩌면 유식을 통해 '고집불통 망나니'를 치료하고 좀 더 열린 세계로 나갈 수 있을 것 같다. 앞으로의 유식 공부가 나를 설레게 하는 이유다.

도덕의 계보학

슈퍼우먼, 도덕을 묻다

윤순식

엄마로, 아내로, 며느리로, 직장인으로 어느 하나 소홀하고 싶지 않아 나는 정말 열심히 살았다. 그러다 보니 나에게는 '현모양처, 슈퍼우먼, 무수리'란 별명이 자동으로 붙었다. 맡은 역할에 최선을 다하는 것은 내 인생에서 아주 중요한 일이었다. 학창시절 내내 곁눈질 한 번 하지 않고 공부만 했다. 몸이 아파도 지각이나 결석 한 번을 안 했다. 직장에서도 예스맨으로 불리며, 야근을 밥 먹듯이 해도 불평 한마디 하지 않았다. 결혼 생활도 마찬가지였다. 막내며느리지만 시부모님과 같이 살며 식사는 물론 간식까지 준비해 놓고 출근을 했다. 걱정하시기에 저녁에는 외출도 삼가고, 휴가나 여행도 한동안 가지 않았다. 시부모님 두 분 모두 돌아가시기 전까지 일 년 넘게 집에서 병간호도 했다. 이런 삶이 하나도 힘들지 않았다면 거짓말이다. 그렇지만 나는 조금만 더 참으면서 착하게 살면 행복할 줄 알았다. 야속한 마음이 들 때도 있었지만 그런 생각을 하는 나 자신에게 실망스러웠고 죄스러웠다. 그런데 이상하다. 이제는 보살펴 드려야 할 시부모님도 안 계시고, 아이들도 더는 내 손길이 필요없게 됐는데, 나는 오히려 화가 나고 우울했다. 주위에서는 힘든 일이 모두 끝났다고 부러워하는데 정작 나는 무기력해졌다. 이런 내 모습이 나조차도 점점 불편해졌다.

이 우울함과 불편함은 어디서 비롯되었을까? 최근 니체의 『도덕의 계보학』을 만나면서 '도덕의 가치'라는 문제를 새롭게 만나게 되었다. 흔히 착하다고 말하는, 즉 엄마로서, 아내로서, 며느리로서 충실하게 역할을 수행하는 것이 내게는 너무나 당연한 도덕이었다. 그런데 니체는 우리가 진리라고 믿고 행동하는 것들이 절대 당연하지 않다고 말한다. 이제까지 "주어진 것으로, 기정사실로, 아무런 문제 제기도 할 수 없는 것"으로 여긴 도덕의 "가치 자체가 일단 의문시되어야 한다"는 것이다. 니체가 아니었다면 나는 한 번도, 아니 생각조차 할 수 없었던 질문이다. 내가 믿었던 도덕에 대해 나는 그것이 정말 맞는 것인지 추호의 의심도 없이 충실히 따르며 살았다. 그런데 니체는 이 당연함에 질문을 던지고 있다. 그리고 우리에게 묻는다. "당신의 도덕은 당신을 주인으로 이끄는가, 노예로 이끄는가?" 솔직히 나는 당황스러웠다. 이 질문에 선뜻 답을 할 수가 없다. 누가 강요하지 않았는데도 양심의 가책까지 느끼며, 희생과 헌신을 최고의 가치로 둔 내 삶에 의문이 들었다. 나는 왜 그렇게 살았을까? 도대체 무엇을 위해서?

생각해 보면 슈퍼우먼의 내 삶은 사회가 만들어 놓은 도덕을 충실히 이행하는 것을 넘어, 도덕 그 자체를 내면화하면서 나에게 일종의 권력을 느끼게 했다. 모범생이었던 나는 그동안 주변의 전폭적인 지지를 받으며 살아왔다. 주위의 칭찬이나 대접은 당연한 것이었고, 대부분 일의 결정권은 나에게 주어졌다. 한마디로 내 말에는 힘이 있었다. 이런 칭찬과 권력은 기존의 도덕과 나를 더욱 일치시키게 만들었다. 그러다 보니 내가 정한 기준대로 살지 않는 사람을 무능력하거나 나쁜 사람으로 평가하게 됐다. 또 종종 주변 사람에게 내 기준을 요구하면서 그것이 받아들여지지 않으면 나를 무시하는 것 같아 화가 나기도 했다. 그렇기에 희생하고 헌신해야 할 대상들이 사라져 버린 지금, 모든 걸 내려놓아야 한다는 허망함이 나를 이토록 우울하고 무기력하게 만들고 있는 것은 아닐까? 외부적 조건을 빌려 나의 도덕을 강화하고, 그 조건이 사라지자 내 삶은 길을 잃고 헤매고 있는 것이다. 이것이야말로 니체가 그토록 비판하는 '노예의 도덕'일 것이다. 다시는 이전의 노예 상태로 돌아가고 싶지 않다. 자신의 힘으로 세워 나가는 도덕의 가치, 다시 말해 나를 주인으로 이끄는 도덕을 갖고 싶다. 그러기 위해서는 먼저 내가 믿고 있는 도덕의 가치들에 대해 따져 보고 물어봐야 한다. 그것이 정말 내 삶을 고양하고 행복하게 하는지. 『도덕의 계보학』이 그 길잡이가 되어 줄 것이다.

안티 오이디푸스

가족 극장 영구폐쇄 사유서

이한주

나는 가족 극장 운영자이다. 금일자로 가족 극장을 영구 폐쇄하려고 한다. 최근에 『안티 오이디푸스』를 만난 것이 계기가 되었다. 극장은 프로이트의 정신분석이론을 바탕으로 운영했다. 나에게 연결된 현재의 모든 사건, 사회적 관계를 아버지-어머니-나로 연결된 오이디푸스 가족 삼각형에 구겨 넣고 그 틀에 맞게 의미를 재해석하여 재현하는 방식이다. 이를테면, 마음먹은 대로 일이 풀리지 않거나, 관계가 꼬여 분노·자책감·결핍감 등이 일어날 때, 가족 극장의 무대에 나를 세우고 보상을 얻는 식이다.

그런데 이상하게도 상영이 끝난 뒤에는 매번 두통과 우울감이라는 후유증이 찾아왔다. 이에 대한 해결 방안을 모색하던 중에 몸과 인문학 공부에 접속하게 되었다. 그러자 가족 극장을 통해 얻고자 하던 보상심리도, 후유증도 조금씩 사라져 갔다. 공부가 더 재미있어졌다. 몇 년 지나자, 사회적 활동을 할 기회가 주어졌다. 기뻤다. 놓칠 수 없었다. 그런데 그 순간, 섬뜩한 목소리가 내 발목을 잡아당기는 것이 아닌가? 네 가족 극장이 부도가 나면 어떻게 해? 두려움이 왈칵 덮쳐왔다. 가족 극장을 재개해야 하나? 또다시 후유증이 오면 어떻게 하지? 머뭇머뭇! 깊은 고민에 빠졌다. 그때 『안티 오이디푸스』를 만났다. 그리고 나는 가족 극장의 충격적인 실체를 알게 되었다.

들뢰즈와 가타리에 의하면 가족 극장은 자본주의의 산물이다. 인간은 '나'라고 하는 주체 이전에 무한한 생산성을 가진 무의식, 즉 욕망기계로 작동하며 흐르고 있다. 우리의 삶이란 알고 보면 역동적인 힘으로 작동하고 있는 집단 욕망의 물리적인 장인 것이다. 자본주의는 이 장에 거대한 오이디푸스의 덫을 던졌다. 오이디푸스 가족 삼각형과 유사한 자본 씨(아버지)와 대지 여사(어머니), 그리고 노동자(아이)로 이루어진 폐쇄 구조의 가족 삼각형의 덫이다. 일종의 소우주 미니어처라고 할 수 있다. 이것에 속은 인간은 그것이 진짜 우주인 줄 알고 무의식에 새겨 버렸다. 그럴 수밖에 없었던 것이 영악한 자본주의가 인간의 무의식의 흐름을 교묘하게 파악하고 침투했기 때문이다. 인간의 무의식을 장악한 자본주의의 그다음 행보는 무엇일까?

자본주의는 인간 무의식의 무한한 생성의 흐름을 그대로 흉내 낸다. 그리고 흐름의 중심에 물신物神을 세웠다. 물신은 인간 무의식 흐름에 빨대를 꽂고 생산적 힘을 모조리 빨아들였다. 마치 블랙홀처럼. 그리고 무한한 상품들을 쏟아 놓으며 말한다. 돈이면 네가 원하는 모든 등가물을 교환받을 수 있어, 기쁘지 않아? 이 달콤한 유혹을 받아들이는 순간, 무한한 생산성은 무한한 결핍감으로 교체된다. 이것이 자본주의가 원했던 것. 오만방자해진 '이놈! 자본주의'는 생명성에 반하는 모든 망측한 행위를 불사한다. 물신의 추종자가 되어 버린 인간은 이를 알 리가 없다. 현재의 삶을 끊임없이 소비하며 쾌락을 좇는다. 하지만 결핍감은 채워지지 않고 인간은 더 우울해지고, 점점 더 무력감을 느낀다. 인간은 퇴행하기 시작한다. 아이가 되어 가족 삼각형의 극장 무대에 서서 불행의 이유를 찾는다. 너의 결핍감의 원인은 너의 부모님과 연결된 가족 삼각형이 불완전했기 때문이야. 넌 원래 결핍된 존재로 태어났던 것이지. 너의 결핍을 채울 수 있는 것은 돈밖에 없잖아? 돈만 있으면 너는 완전한 가족 삼각형 안에서 행복하게 살 수 있어. 아뿔싸! 종영되는 순간 인간은 깨닫는다. 반복되는 극장의 내용과 현실의 삶이 뭔가 삐걱삐걱 어긋나고 있다는 것을. 뒤이어 찾아오는 두통과 우울감이 악순환되는 삶, 이

비논리적이고 부도덕한 덫, 이것이 내가 운영한 가족 극장의 실체였다.

가족 극장의 실체를 알았으니 폐쇄 조치를 하지 않을 수 없다. 한 손에는 『안티 오이디푸스』를, 한 손에는 망치를 들고 가족 삼각형을 허물어 보려고 한다. 그리고 더 넓은 세계로 나가 보려고 한다. 물론 자본주의는 사활을 걸고 새로운 탄압 방식을 생산하겠지? 하지만 나는 이 시도를 멈추지 않겠다. "그 자체로 저도 모르게 자신이 바라는 것을 바람으로써 충분히 혁명적인 존재"인 욕망기계의 힘을 믿어 의심치 않기에. 여기에 무슨 의미가 더 필요하겠는가?

<u>안티 오이디푸스</u>

우리 모두가 파시스트였다!

이성남

작년 추석 연휴기간 벌어진 사건이다. 모두가 잠든 새벽녘, 고성과 폭언으로 동네 개들마저 따라 짖을 정도로 우리 부부는 흥분해 있었다. 감이당 공부를 그만두라는 남편의 일방적 통보에 나는 치솟는 화를 참을 수 없었다. "실례합니다." 예기치 않은 경찰의 방문에 부부싸움은 자동 종결됐지만, 나와 남편은 큰 충격을 받았다. 평소 아빠의 폭언에 불만을 품었던 딸이 용단을 내린 것이었다. 그리고 놀랍게도 우리 부부는 그날 이후 폭언을 딱 끊게 되었다. 하지만 이 사건을 계기로 나는 '가족의 지반'에 의심을 품게 됐다.

'아빠-엄마-아이'라는 가족 삼각형 안에서 나는 지극히 모범적인 아내, 엄마로 살아왔다. 남편은 또 어떤가. 성실하고 가족밖에 모르는 가장이다. 하지만 그는 전제군주였다. 남편이 가정에서 전제군주가 되는 힘의 베이스는 돈이다. 즉 신민(?)에게 돈을 주고 대신 우리를 '스위트홈'이라는 허상으로 포섭하면서 가족 파시즘에 구겨 넣었다.

아이들도 그 회로에 머무는 건 마찬가지다. 돈 주는 아빠, 돈 주는 엄마. 그것 말고 바라는 것이 더 있을까? 결국 핵가족은 서로를 존중하고 사랑하는 관계이기보다 화폐로 연결된 집합에 지나지 않는다. 사랑이라고 믿었던 가족 관계가 그 민낯을 드러낼 때 얼마나 폭력적이고 참을 수 없는 관계가 되어 버리는지.

이런 고민을 안고 있던 차, 고질적인 '가족 파시즘'과 정면으로 대결하고 있는 책을 만나게 됐다. 들뢰즈·가타리의 『안티 오이디푸스』다. 들뢰즈·가타리는 이 책에서 생명과 기계를 넘나드는 존재론을 이야기한다. 그들은 자연과 인간의 동일성을 '생명론'으로 설명하기에 한계를 느껴 '욕망기계' 개념을 펼친다. 그들이 보기에 자연과 인간은 몽땅 기계 부품들이다. 그래서 우리 삶의 참모습을 기계들끼리 연결하고 분리하고 다시 결합, 종합하는 과정으로 설명한다. 즉 욕망기계는 생산하는 것 이외에 아무것도 아니다. 그런데 오이디푸스(핵가족) 안에서는 오로지 '돈과 성욕'만 흡수한다. 생산 즉 생성이 멈춘 '미로'다. 돈으로 교환되는 수많은 쾌락들. 그런데 그 쾌락은 꼭 대가를 치러야만 따라오는 보상들이다. 그 쾌감을 맛보려고 우리는 예속을 기꺼이 감수한다.

몇 년 전 남편이 머리를 기르는 조건으로 천만 원을 제안한 적이 있다. 나는 쇼트커트에서 단발머리로 간신히 길러 교환한 돈으로 1년간 해외여행을 다니며 다 탕진했다. 나는 돈의 권력을 누리는 파시스트가 되고자 스스로 예속을 선택했다. 그러나 쾌락은 짧았고 그때 무리해서 여행한 탓에 얻은 허리디스크로 말할 수 없는 고통을 겪었다. 쾌락만 누리려 하고 욕망기계로 생성하지 못할 때 신체는 무능해지고 아프다.

사실 우리의 욕망은 쉬지 않고 생성하는 공장과도 같다. 열내고 먹고 이야기하고 싸는 존재! 다시 말해 그것들은 『주역』에서 말하는 '생생지위역生生之謂易'처럼 낳고, 낳고 또 낳는 변화 과정만이 있다. 그래서 욕망기계로 산다는 것은 이미지와 역할이 고정된 '아빠-엄마-아이'로만 사는 것이 아니라 무엇과 결합하느냐에 따라 달라지는 주체로 살기, 억압이 아니라 무의식의 생산 그 자체로 사는 것이다.

생성은 그 자체로 충만하다. 돈과 성욕만이 교환되는 오이디푸스 미로 안에서는 생성이 없다. '미로' 안에 갇혀 있으면 나도 남편도 아이도 모두 파시스트가 되고 만다. 들뢰즈·가타리가 열어 놓은 생성의 길을 가야 하는 이유가 생겼다. 욕망기계로 사는 것. 다른 기계들과 접속하며 '생생지위역' 하는 삶. 그것은 폭력에서 충만함으로 방향 전환을 하는 것이다.

안티 오이디푸스

참을 수 없는 '도주'의 절박함

한은경

'안티 오이디푸스'라면 자신이 좀 있었다. 가족을 우선순위에 두고 있지 않은 나, 자식에 대해 애면글면하지 않는 나, 부동산이나 주식 투자, 명품과는 동떨어져 살고 있는 나에 대해 이 정도면 그럭저럭 잘 살고 있다고 자부하는 면이 있었다. 그러다 지난겨울 딸아이의 대학 입시를 겪으면서 자본주의적 욕망에서 조금은 비껴 있다고 믿었던 내 자부심에 스크래치가 났다.

딸은 중학교 때까지 공부를 전혀 하지 않다가 고등학교에 가서 스스로 괄목할 만한 성장을 했다. 나는 딸에게 늘 지금 노력하는 것만으로 충분하니 대학 때문에 불안해하면서 공부하지 말라는 우아한 격려만 했다. 그런데 딸아이가 명문대에 아깝게 떨어지고 그보다 못한 대학에 합격하자, 나도 모르게 속상하고 아쉬운 마음이 불쑥 올라왔다. 딸의 대학 합격이 별로 기쁘지가 않았다. 나한테 자식을 명문대에 보내고 싶은 욕심이 이리 시퍼렇게 살아 있었나 당황스러웠다. 딸의 입시 결과를 받아들이는 내 감정은 자본주의적 흐름과 일치하는 것이었다.

처음에는 이런 나의 반응을 나답지 않은 거라 생각했다. 그런데 찬찬히 보니 평소 내가 살아가는 방식들이 모두 이와 다르지 않았다. 현실에서 작동하고 있는 '나'와 내가 형성해 놓은 '나'가 다르다는 것을 인정할 수밖에 없었다. 명품, 쇼핑 등 자본주의 상품 경제와 먼 듯 살아 왔지만, 물건의 가치를 판단할 때 그 물건의 가격이 늘 중요한 기준이었다. 집을 사지 않는 마음 한편에는 부동산 가격의 오르내림에 일희일비하고 싶지 않은 불안함이 있었다. 그동안 스스로마저도 잘 속이고 감추고 있던 것이 자식 일에서 날것 그대로 드러났던 거였다.

『안티 오이디푸스』는 이런 나를 가치 있는 신념을 가졌다는 자기만족에 취해 있는 사람이라고 진단한다. 이런 사람들은 반자본주의적 삶을 옳고 멋진 거라 정해 놓고 있는데, 이 정답지는 대개 지식을 통해 터득한 것이다. 이런 사람들은 정답지를 가진 것만으로 자신이 자본주의로부터 탈영토화하고 있다고, 도주하고 있다고 착각한다. 실제 삶과는 무관한 착각은 기만으로 이어진다. 자본주의처럼 속물스러운 양식과는 잘 지낼 수가 없어 애써 다른 삶의 방식을 찾고 있는 사람인 양 스스로를 규정한다. 또한 자신을 근면, 알뜰, 자존감, 교양 등 도덕적 가치로 포장도 잘한다.

결국 나의 욕망과 무의식은 한 치의 벗어남도 없이 자본주의가 닦아 놓은 돈, 시장, 가족이라는 길 위에 있었다. 『안티 오이디푸스』는 내가 굳이 적극적인 도주를 할 필요가 없는 사람, 자본주의 사회체 안에서 자본주의에 걸맞은 이미지를 만들면서 그럭저럭 잘 살고 있는 사람이라는 걸 깨닫게 해 주었다.

『안티 오이디푸스』를 통해 나 자신에게 가장 실망스러웠던 게 바로 이 '잘 살고 있음'이었다. 들뢰즈와 가타리는 계급과 이해관계, 자아 증식, 반생산만이 넘쳐나는 자본주의 사회로부터 도주해야 한다는 절박함으로 『안티 오이디푸스』를 썼다. 그런 절박함까지는 아니더라도 자식이 다니는 대학 이름을 가져와 내 그럴듯한 자아를 꾸미는 데 쓰고자 하는 이 '찌질함'에 나는 어떻게 고작 요만큼의 부끄러움밖에는 느끼지 못할까. 그럭저럭 잘 살고 있으니 나는 앞으로도 그냥 이대로 살게 되는 건가라는 답답함, 자식이 대학 갈 때 겪었던 좌절과 부끄러움을 자식이 취직할 때, 자식이 결혼할 때 반복해서 겪고 또 대충 무마하고 사는 건가라는 한심함, 지금의 나는 아직 여기까지다.

조금의 부끄러움, 한심함도 『안티 오이디푸스』를 읽기 전까지는 생각지 못했던 부분이다. 사이비 도주를 하면서 얻는 자족과는 반대일 수 있는 이 답답함이 나에게는 오히려 꽉 막힌 곳에 뚫린 작은 틈처럼 느껴졌다. 거창한 절박함이 아니다. 당연하고 익숙해서 인식조차 하지 않던 일에 '이건 아니다'라고 제동을 거는 순간들이 모여 이루는 그런 절박함이다. 『안티 오이디푸스』를 통해 가지게 된 내 공부의 중요한 과제는 그래서 '절박함 살려내기'이다. 내 자식이 명문대에 가는 것을 나도 모르게 당연시 했던 것처럼, 지금도 '나라면, 내 자식이라면, 내 가족이라면…'으로 시작하는 많은 전제들이 내 일상에 작동하고 있을 터이다. 『안티 오이디푸스』를 안내자 삼아 그 전제들의 허구성을 알아차리고, 거기서부터 도주선의 실마리를 더듬더듬 찾아가 보고자 한다.

이옥 전집

이옥, 내 마음을 흔들다

권현숙

10대 중반부터 산업체 학교에 다녔다. 낮에는 공장에서 일하고 밤에 학교를 다녔다. 봉제공장의 시다로, 재단사 보조로, 꼬박 5년을 일했다. 오로지 학교를 졸업하는 게 유일한 목표였다. 졸업을 하면 번듯하고 안정된 직장이 생길 거라는 막연한 기대로 버텼다.

졸업 후 직장을 찾아 서울로 올라왔다. 밥벌이를 위해 구로공단의 전자회사에 들어갔다. 이 시기는 87년 노동자 대투쟁이 들불처럼 번지고 있던 때였다. 나도 그 거대한 흐름에 휩쓸려 갔다. 친구들과 함께 노동조합을 만들고 노동해방을 외치며 투쟁했다. 또 그곳에서 지금의 남편도 만났다. 그렇게 10여 년을 달렸다. 이렇게 살면 노동자가 살 만한 세상이 올 거라고 굳게 믿었기 때문이다. 또 보름만 지나도 생계비가 바닥나서 어쩔 수 없이 잔업, 철야를 해야 하는 현실에서 벗어나고 싶었다. 하지만 어느 날 갑자기 다국적기업인 우리 공장이 자본을 중국으로 이전시키고 폐업을 했다.

삶의 유일한 출구이자 희망이 사라져 버렸다. 공장 폐업으로 노조활동이 중단되니 허무했다. 아이를 키우며 전업주부로 살게 되었다. 그전과 비교할 수 없을 만큼 경제적으로도 안정되었지만 마음 밑바닥에서 헛헛함과 공허함이 자주 올라왔다. 이 시기 생협을 만나게 되었다. 아이도 함께 키우고 먹거리를 나누고, 생산자를 지원하는 활동이 좋았다. 이런 활동들이 모여서 건강한 사회를 만들 수 있을 거라는 확신이 들었다. 이런 확신이 과도한 책임감을 생기게 만들었다. 매번 과하게 일을 맡고 일이 마무리될 때마다 번아웃이 되어서 심하게 몸살을 앓았다. 몸이 자주 아프니 생협이나 집에서 관계들이 삐걱대고 분노도 자주 올라왔다. 10년 넘게 열심히 했던 활동도 의미가 없어져 버렸다. 어떻게 살아야 할지 방향을 잃어버렸다.

이 시기 감이당을 만났고 이옥의 글을 만났다. 이옥의 글을 처음 만난 건 낭송을 통해서이다. 산으로 공원으로 걸어 다니며 수없이 소리 내어 읽고 외우기를 반복했다. 만나는 사물 하나하나에 온전히 마음을 다 주고 흘러넘치듯 감정을 드러내는 그의 글이 나를 흔들었다. 이옥의 글을 낭송하다 보면 답답했던 마음이 확 풀리고 몸도 편해지곤 했다. 야간 고등학교에 다닐 때 봄마다 벚꽃나무의 꽃비를 맞고 집에 돌아가곤 했다. 꽃비를 맞으며 집으로 돌아가는 길은 고단한 나를 토닥여 주는 것만 같았다. 그 시절처럼 이옥의 글이 그렇게 나를 위로해 주었다. 내 안에 오랜 시간 억눌러 놓았던 자잘하고 세밀한 감정들이 살아나는 느낌이었다.

이옥의 글에는 사람, 나무, 풀, 새, 벌레 등의 이야기로 가득하다. 그는 조선시대 대부분의 선비들이 몰가치하다고 생각했던 저잣거리 민중들의 삶과 생활 주변의 자잘한 사물에 주목했다. 희로애락의 감정을 섬세하고 마음껏 드러내는 글을 썼다. 그는 우연히 꺾어 본 수숫대 속의 작은 벌레를 통해 우리의 삶을 말한다. "즐겁구나, 벌레여! 이 사이에서 태어나 이 사이에서 자라고, 이 사이에서 기거하며 이 사이에서 먹고 입고 하면서 장차 또 이 사이에서 늙어 가겠구나…"라며 그 자체로 충분히 편안하고 충만한 삶을 말한다. 그래서 그의 글 속에서는 사람도, 사물도, 한낱 미물인 벌레까지도 살아서 꼬물거리고 웅성거리고 있었다.

이옥의 글을 통해 내 모습이 비로소 보이기 시작했다. 20년간 거대한 이상을 좇아가느라 내 마음에서 올라오는 작은 감정들을 억누르고 외면하고 살았다는 걸 알게 되었다. 그러니 억눌린 감정은 뭉쳐서 분노로 표출되어 내 몸을 상하게 만들었던 것이다. 뭉치고 막힌 감정은 같은 패턴의 삶을 반복하게 만들었다. 다른 세계가 따로 있는 게 아니었다. 지금 마주치는 것들과 섞여서 이전과 다른 나를 마주하는 것, 그것이 곧 다른 세계임을 알게 되었다. 이렇듯 내가 이옥의 글을 읽는 이유는 미물인 벌레까지도 살아서 꿈틀거리게 하듯, 그의 글이 내 마음을 흔들고 스며들어 나를 한 뼘씩 자유롭게 하기 때문이다.

회남자

리셋! 소유에서 소통으로

박장금

나는 회사를 다닐 때 살아남기 위해 달렸다. 잘 살기 위해 열심히 달렸건만 몸과 마음은 갈수록 망가졌다. 멈추고 휴식을 하고자 공부의 장에 접속했다. 공부를 하면서 알게 된 것은 우리는 사회가 주입한 대로 세상을 본다는 것이다. 난 자율 경쟁을 부추기는 신자유주의 속에서 회사 생활을 했다. 그런 분위기는 모든 것은 '자기 책임'이라는 의식을 생기게 했고 나도 모르게 그것을 내면화하고 있었다. 그러다 보니 경쟁에서 밀려나지 않기 위해 몸부림치는 신체가 되었던 것이다.

그 당시 난 적어도 나쁜 짓은 하지 않았으니 괜찮은 사람이고, 성공은 못했지만 직장인으로 평범한 삶을 산다고 생각했다.

하지만 내 무의식에는 남을 이겨야 산다는, 내가 살기 위해서는 타인의 희생은 상관없다는 검은 마음도 함께 자랐던 것이다. '열심히 산다'는 세상을 위기로 인식해서 남보다 빨리 달려 더 많은 것을 소유하라는 명령이었던 것!

정말 충격이었다. 나의 무지가! 더 많은 것을 알면 자유로워질 것 같았다. 그런 마음으로 공부한 지 10년이 흘렀다. 예상치 못한 다른 문턱이 나를 기다리고 있었다. "권력 지향적이다" "오만하다" "몸을 돌보지 않는다" 등의 평가가 그것이다.

특히 '권력 지향적'이란 평가는 인정할 수가 없었다. 정치판도 아닌 공부의 장에서 무슨 권력? 난 그런 의도가 없다고 해도 변명밖에 되지 않았다. 답답한 마음에 산책과 『주역』 암기를 열심히 했다. 평소와 달리 몸이 순환되자 신기하게도 나의 문제가 보이기 시작했다. 많이 공부할수록 좋고, 많은 사람이 나에게 동의할수록 좋아하는 나. 돈을 벌 때와 아이템만 바뀌었지 패턴은 그대로였다. 이런 상태는 병증으로도 드러났는데 평소에는 오버하다가 갑자기 퓨즈가 끊기듯 위가 멈춰 체하기 일쑤였다. 폭주하거나 스톱하거나 속도 조절이 안 되는 고장난 기계! 이것이 나의 몸, 마음, 삶의 상태였고, 이런 상태가 '권력 지향적'이란 평가로 드러났던 것이다.

이 문제를 풀기 위해 끙끙거리던 중 몸과 우주의 비전이 담긴 통치서 『회남자』淮南子를 만나게 되었다. 통치술이 '몸과 우주'와 만나다니! 신자유주의가 무의식까지 파고든 암흑 천지에서 한줄기 빛을 만난 느낌이었다. 『회남자』가 쓰인 한나라는 우리 시대처럼 물질적으로 풍요로운 시대였다. 『회남자』는 이미 물질적 풍요만으로는 행복해질 수 없고, 오만과 사치로 흐르는 게 인간의 속성임을 간파했다. 소유는 더 많은 소유를 원하게 되고, 그것은 곧 패망으로 가는 길이다. 하여 소유에서 벗어나려면 자연의 이치를 배우고 쉼 없이 실천해야 한다.

『회남자』에는 천문, 지리, 생물학 등 자연의 원리를 체득하기 위한 동양의 사유가 집대성되어 있다. 거창해 보이지만 나를 둘러싼 관계와 시공간의 모든 사건과 나의 공존을 이해하기 위함이다. 소통의 출발점은 몸이다. 몸이 소통하고, 타자와 관계 맺고, 나라를 다스리는 것은 하나의 원리인 것이다. 『회남자』의 지성 훈련 코스를 거치고 나면 생명의 원리는 소유가 아니라 '소통'임을 사무치게 느끼게 된다. 이때 황제는 천하의 권력을 소유하는 자가 아니라 천하를 소통시키는 '소통 제일'인 자가 된다.

아, 우리 시대의 배움과는 너무나 다르다. 공부는 성적이며 성공을 위한 투자가 아니던가. 지성인을 기른다지만 알고 보면 안정적이고 수익률 좋은 블루칩이 되는 게 목표다. 당연히 경쟁을 뚫고 얻은 돈과 명예는 자기 소유로 생각한다. 권력자들은 국민을 위해 일한다지만 누가 그 말을 그대로 믿을까. 서로의 이익을 위해 속고 속일 뿐! 더 황당한 것은 블루칩의 말로이다. 죽기살기로 도달한 곳은 온갖 비리, 마약, 성범죄가 기다리고 있다.

나 또한 심신이 아프고 삶이 망가지면서도 의심하지 않았다. 물질 분배가 정치이고, 다다익선이 잘 사는 거라고. 또한 돈의 장을 떠나 공부하고 관계를 맺으면서도 그 도식에 매여 있었다. 소유욕은 무서울 정도로 곳곳에 편재해 있다. 일상에 들러붙은 무지와 탐욕을 보지 않는 한 타자와의 소통은 물론 자신과의 소통 역시 불가능하다. 몸이 아프고 관계가 불통이면 다 무슨 소용인가. 이제 '생명답게 살기 위해' 리셋이다. 소유에서 소통으로!

금강경

『금강경』, 나(我相)를 비추는 거울

이여민

『금강경』金剛經은 무엇이든 깨뜨리는 다이아몬드와 같은 지혜로 중생의 어리석음과 번뇌를 깨뜨리는 경이다. '상구보리上求菩提 하화중생下化衆生, 위로는 깨달음을 구하고 아래로는 중생을 제도하는 보살의 삶'을 사는 이들을 위한 경전이다.

『금강경』과의 첫 만남은 『금강경』을 독송하기만 해도 눈앞에 벌어진 힘든 일이 해결된다는 이야기로부터였다. 내 인생 사십대 초반에 벌어졌던 이혼이라는 과정을 건너며 『금강경』을 많이도 읽었다. 그렇지만 고단했던 법적 절차를 거치고 또 세월은 흘러 피부로 느껴지는 고통스러운 일들이 서서히 줄어들자 이 경을 잊고 살았다.

십 년이 지나서 불교 경전 공부를 하는 도중 아상我相으로 나는『금강경』을 다시 만났다. 나는 간호사 한 명이 근무하는 작은 의원의 내과의사이다. 직원을 채용하고 나면 나는 그가 법을 어기지만 않으면 해고시키지 않는다는 원칙이 있었다. 당시 나를 괴롭히던 가장 큰 고민은 새로 채용한 간호사였다. 경험이 많다고 자부하는 오십대 간호사를 뽑았다. 그런데 그녀는 출근 첫날부터 컴퓨터를 잘 다루지 못했고 자신이 일에 서툴다는 자각이 없었다. 이런 경우 나는 간호사가 겸손하게 배우려 하거나 그 사실을 미안해해야 한다고 생각했다. 그녀는 내 예상과 달리 콧소리를 내고 친근하게 굴며 월급 인상까지 말했다. 그녀의 이런 행동들을 보며 불편한 내 감정은 출근하기 싫다는 마음으로 이어져 나를 물들여 갔다.

어김없이 힘들게 출근해 불교대학 공부로 마음을 달래던 나날 중, 법륜스님이 강의 도중에『금강경』의 가르침인 무아無我를 설명하셨다. "화가 나는 마음을 살펴보면 거기에는 반드시 '내 생각이 옳다!' 하는 아상我相이 버티고 있다"라고 말씀하셨다. 망치로 머리를 한 대 맞은 느낌이었다. 내가 원하는 간호사의 올바른 상相은 접수를 잘하는 것이었다. 그런데 그녀는 접수도 제대로 못하고 일을 대하는 태도도 내 생각我相과 다르니 그녀만 보면 화가 났다는 것을 알 수 있었다. 접수를 잘해야 한다는 간호사에 대한 나의 기대를 고집하지 않자 청소를 깨끗하게 하고 환자들과 웃으면서 응대를 능숙하게 하는 그녀의 장점이 보였다. 그리고 나도 의사라는 일에 고정되지 말고 상황에 따라 접수일도 하고 청소도 할 수 있어야 한다고 생각을 바꾸었다. 마찬가지로 그녀도 간호사이기도 하지만 누군가의 아내이자 어머니라는 생각이 들자 내가 그녀를 싫어할 이유가 있나 하는 마음이 들었다.

『금강경』을 통해 내가 화나는 이유가 '아상'我相임을 알게 되고, 의사라는 상相에 집착하지 않으니 삶이 다소 편안해졌다. 그런데 나는 이전에도 『금강경』을 무수히 독송했는데 왜 이런 이치를 전혀 몰랐는가 하는 의문이 들었다. 나는 『금강경』을 독송하는 힘으로 어려움을 해결한다는 믿음에 의지하고 『금강경』에 적힌 글자를 읽기만 했던 것이었다. 경전 강의를 통해 이치를 알게 되니 화가 나는 경우마다 '어떤 생각에 사로잡히고 있는지?' 하고 자신을 조금씩 살피게 된다. 이렇게 일상이 편안해지니 『금강경』을 더 자세히 공부해서 괴로움에 시달리지 않는 사람이 되고 싶었다. 그런데 『금강경』 처음에 이 이치를 알려면 자리이타自利利他, 나도 좋고 남도 좋음을 실천하는, 즉 '상구보리 하화중생' 하는 보살의 마음을 내는 것이 중요하다고 부처님께서 말씀하신다. 나 혼자 공부해서 나만 깨닫겠다는 태도로는 『금강경』을 이해하지 못한다는 뜻이었다. 그래서 목요점심인문학을 만들어 환자들과 친구들을 병원으로 초대했다. 질병과 인문학의 만남을 통해 병으로 인한 괴로움을 줄이는 것을 기획하였다. 보살의 행을 실천하며 동시에 『금강경』의 이치를 공부해 보려 한다. 『금강경』은 이렇게 '다 함께 행복해지라고' 나를 밀어붙인다. 이 길을 가면서 어떤 일들이 일어날지 가슴이 설렌다.

맛지마니까야

참을 수 없는 번뇌의 무거움

수정

"넌 하고 싶은 거 하면서 사니까 좋겠다." 한때 회사생활을 같이 하던 친구들에게서 들은 이야기다. 친구들은 만나기만 하면, 아니 만나지 않아도 단톡방에서 늘 이상한 상사 밑에서 회사를 다니는 고충, 가족의 홀대에도 집에 묶여 있을 수밖에 없는 고충을 토로한다. 그런데 어느 날 훌쩍 회사를 떠나 공동체에서 인문학 공부를 한다는 내 삶이 그들 눈에는 신기하고 좋아 보였나 보다. 그 말에 별 거 아닌 척하면서도 '맞아, 나는 자유로운 사람이야'라고 속으로 우쭐하기도 했다.

그런데, 그게 정말 자유로운 것이었을까? 사실 하고 싶은 걸 한다는 말 뒤에는 하기 싫은 것에 대한 참을 수 없는 염증이 있었다. 회사일이 지루해지거나 인간관계에 문제가 생기면 더 맞부딪쳐 볼 생각 없이 그곳을 떠났다. 그런데 하고 싶은 것만 하는 삶을 찾으면 찾을수록, 그렇지 않은 삶의 많은 부분을 도려내야 하기 때문에 세상은 점점 작아졌다. 성장도 생성도 일어나지 않는 세상 속에서, 나는 나날이 번뇌로 무거워졌다.

그런데 이렇게는 안 되겠다!는 생각으로 시작하게 된 공부의 장에서 또 똑같은 일을 반복하고 말았다. 글쓰기가 힘들다는 이유로 자리를 박차고 나온 것이다. 이 마음을 어찌하면 좋을까. 동아줄을 붙잡는 심정으로 펼쳐든 것이 『맛지마니까야』였다.

그런데 생각지도 못한 이야기를 알게 되었다. 부처님 왈, 불법도 닦으면 닦을수록 수행되듯, 무엇이든 자주 떠올리고 생각하면 마음의 경향이 되어 그쪽으로 흐르게 된다는 것! 나는 잘 흔들리는 성향을 탓하며 막막~하게만 여겼을 뿐, 속으로는 습관적으로 '힘들다, 더 쉬고 싶다, 더 게으르고 싶다…!'고 되뇌며 고통스러운 마음을 눈덩이처럼 키우고 있었다.

그런데 잘 생각해 보면, 그 원리를 이용해 새로운 길을 만들어 낼 수도 있다. 이 패턴에서 벗어나고 싶다, 한 고비를 넘어 보는 즐거움을 배우고 싶다!고 되뇌어 마음을 다른 방향으로 틀어 보는 것이다. 물론 여전히 습관적인 생각과 감정들이 계속해서 올라온다. 하지만 그것들이 있다는 것을 알고, 또 바라보는 순간,

그 생각들은 힘을 잃기 시작했다.

나는 그제야, 업이란 하나의 커다란 사건에서만 일어나는 것이 아니라 매일 하는 생각 사이에서도 생겨난다는 것을 알게 되었다. 그리고 스님들이 부지런히 정진하는 이유를 실감할 수 있었다. 방심하면 나도 모르게 휘리릭~ 이끌려 가는 마음의 힘은 무척이나 세다. 그러니 그저 하루하루 지혜의 방향으로 발걸음을 옮기는 수밖에 없는 것이다.

이렇게 부처님은 인간이 왜 고통에 빠지게 되는지, 어떻게 빠져나올 수 있는지 조목조목 풀어 주신다. 처음에는 너무 고원한 경지일까 봐, 그리고 책이 너무 두꺼워서^^ 걱정이 많았다. 하지만 부처님은 반복학습의 대가이시다. 아직 경전이 나오기 전에 제자들의 입에서 입으로 전해지며 암송된 탓인지 같은 구절이 단어만 살짝 바꿔 반복된다. 그렇게 낭송하듯 책을 읽어 내려가면 나도 모르게 그 말씀에 천천히 젖어들어 간다.

게다가 상상한 것 이상으로 '리얼'하다. 2,500년 전 사람들이 지금의 우리와 다르지 않게 희로애락 속에서 아우성치는 모습에 공감도 가고, 일상 속에 인용되는 특별한 스토리를 발견하는 재미도 쏠쏠하다. 하지만 그들과 우리가 유독 다른 점이 있다. 바로 삶에 대한 지혜를 알고자 하는 마음이다. 그치지 않는 쾌락을 제공하는 지금의 세계에서 지혜로 방향을 틀기란 쉽지 않다. 그래서 그때보다 더 헤어나기 힘든 깊은 수렁이 자리하고 있는지 모른다.

그 습속의 패턴을 벗기 위해 『맛지마니까야』 속 사람들의 간절한 마음을 빌리고 싶다. 아직은 뒤돌아서면 잊어버리는 혼침한(!) 수준이지만 언젠가는 마음에 새기게 되지 않을까 기대하며, 앞으로 펼쳐질 장엄한 불경의 세계를 읽어 나가려 한다.

맛지마니까야

감각적 쾌락, 집착에서 깨달음으로

이윤지

아침에 출근하며 테이크아웃하는 커피가 하루를 시작하는 큰 위안이던 때가 있었다. 카페인을 몸에 주입하면 기운이 돌기도 했지만, 카페에서 들고 나오는 커피의 따끈한 감촉과 향기는 거를 수 없는 즐거움이었다. 그런데 임신으로 커피를 마실 수 없는 상황이 되자 중요한 아침 의례가 중단될 위기에 놓였다. 나의 자구책은? 카페의 텀블러를 구해 뜨거운 물을 붓고 커피라 생각하며 마신 것. 텀블러 안이 까만색이라 수증기가 오르는 음료가 물인지 커피인지 육안으로는 잘 구분이 안 되었다.

돌이켜보면 일상에서 내가 그럭저럭 괜찮다는 기분을 유지하게 하는 것은 언제나 어떤 대상에 의존해서였다. 커피는 오랫동안 그 중심에 있었다. 나중에 몸이 더는 카페인을 감당하지 못해서 진짜 커피를 끊어야 했을 때, 나를 가장 힘들게 했던 것은 커피를 통해 누리던 정서에 대한 그리움이었다. 일시적 충만함의 상태를 외부에서 구하려는 의지처, 커피는 이제 다른 대체물로 계속 모습을 바꾸어 가며 내 곁에 머물렀다.

미세하게라도 불안이나 스트레스를 받는 상황이 되면 나는 커피처럼 감각적으로 즐거움을 주는 외부 대상을 향해 충동적이 되곤 했다. 초콜릿 같은 단맛을 찾아 헤매거나 나도 모르게 스마트폰에 정신을 팔거나. 뭔가 지루하고 만족스럽지 않은 현재의 상태를 피하고 싶을 때 나의 감각은 습관적으로 외부의 대상을 찾는다. 일상적으로 보이는 이 행동에 무슨 문제가 있느냐고? 사소한 행위 같지만, 여기엔 부작용이 있는데도 같은 쾌락을 반복하려는 중독의 성향이 있다. 감각이 주는 즐거움에 의지해 지금 마주하는 불쾌한 느낌과 불편한 상황을 회피하고 덮어 버리기. 내게 커피와 초콜릿, 스마트폰은 누군가의 담배, 알코올, 게임 중독이기도 하다.

이런 상태가 자각되고 거슬리기 시작한 것은 불교 공부를 하면서였다. 『맛지마니까야』에서 붓다는 감각적 쾌락에 대한 욕망과 갈애를 일으키는 마음을 주의하고 경계하라고 수없이 반복해서 말한다. 그런 갈애의 상태는 몸과 마음을 평안하게 하지 못하고 마음이 외부를 향해 치닫게 하기 때문이다. 그렇다고 그런 상태를 부정하거나 억압하라는 것은 아니다.

붓다를 금욕적 스승으로 보는 한 수행자에게 붓다가 자신이 때로는 발우 한가득 식사하기도 하고, 고급스러운 옷을 입기도 하며, 좋은 처소에 머물기도 한다고 이야기하는 장면이 있다. 중요한 것은 붓다가 그 어떤 감각적 쾌락의 즐거움에도 집착하지 않고 그것으로부터 자유로웠다는 점이다. 오히려 붓다는, 인간이기 때문에 끊임없이 보고 듣고 맛보고 감각하며 욕망을 일으킬 수밖에 없는 신체와 마음의 조건을 역으로 이용하라고 한다. 그는 몸과 마음에 일어나는 상태를 주의 깊게 살피고 관찰함으로써 밖으로 향하는 마음을 내부로 돌리는 방향의 전환을 유도한다.

『맛지마니까야』의 주옥같은 가르침들 속에서 붓다는 감각적 쾌락에 대한 갈애를 넘어서 고요하고 청정한 자유로움의 경지에 이르는 깨알 같은 수행의 방편들을 제시한다. 그 어떤 것에도 의지하지 않고 충만한 기쁨의 상태에 머물렀던 붓다! 그는 인간이라면 누구나 그런 상태에 이를 수 있다고 말한다. 감각적 쾌락에 의지하며 일시적 만족과 불만족의 순환을 계속할 것인가? 붓다가 말하는 다른 차원의 기쁨으로 가는 길을 배워 볼 것인가?

나는 왜 이 고전을

3부

관계의 출구를 열어 준 고전

동의보감
전습록
차라투스트라는 이렇게 말했다
도덕의 계보학
안티 오이디푸스
홍루몽
슬픈 열대
외침
숫타니파타

동의보감

버거킹 남, 몸에 대한 여행을 시작하다!

문빈

거의 매일 아침 '버거킹'에 출근했다. '찐'~한 치즈 맛이 강한 '콰트로치즈와퍼' 정도는 먹어 줘야 하루를 시작하는 기분이 들었다. 종이에 남은 양상추까지 깔끔하게 클리어! 밖으로 나와 길을 걷다 보면 번쩍번쩍 편의점이 눈에 들어온다. 어느새 나는 그 안에 서 있다. 불닭볶음면, 월드콘, 닥터유 에너지바 등등. 내가 즐겨 먹는 상품들을 쓰윽 둘러보고 적당한 것을 고른다. 주로 2+1 행사 중인 '빼빼로'를 산다. 아침, 점심, 저녁으로 먹어 줘야 하기 때문이다. 한밤중에는 데이트를 명목으로 여자친구와 치맥을 한다. 그렇지 않은 날엔 혼자 핫바와 삼각김밥을 먹는다. 이렇게 나는 자극적인 맛에 길들어져 중독된 삶을 살고 있었다.

그러다 보니 안 아픈 곳이 없었다. 새벽 설사는 기본, 속이 꽉 차 1~2시까지 잠들지 못했다. 어깨와 허리는 항상 뭉쳤고, 목과 팔에는 아토피가 올라왔다. 몸은 무겁고 피곤하기만 했다. 신체는 이상신호를 보내왔지만, 나는 그 원인을 아예 몰랐다. 단순히 '안 쉬어서 그런가?' 정도로만 생각했지 내가 봄에 부엇을 주고, 몸을 어떻게 쓰는지는 돌아보려고 하지 않았다.

몸에 대한 무관심은 '나'에 대한 무지를 만들었다. 실제로 내 신체가 어떤지는 보지 않고 상상 속의 '나'를 만들어 내는 것이다. 대학을 자퇴하고 새로운 길을 가는 용감한 청년, 고전을 읽는 지적인 청년, 부모님에게 손 안 벌리는 건실한 청년! 이상적인 '나'의 모습을 설정하고 모두 그렇게 봐주길 바랐다. 지독한 자의식과 인정욕망에 빠진 것이다. 사람들과 만나면 그들과 접속할 수 없었다. '나'만 바라보느라 상대에 대한 관심은 1도 생겨나지 않았기 때문이다. 누가 어려운 일을 겪든, 누가 축하받을 일이 생기든 그것이 궁금증으로 다가온 적이 없다. 다만, 우월감과 열등감만 오갈 뿐. 그렇게 나는 누구와도 교감할 수 없는 꽉 막힌 사람이 되어 있었다.

이런 나에게 『동의보감』東醫寶鑑 텍스트가 왔다. 처음엔 깜놀! 2,500쪽이 넘는 분량에다 글자들은 빽빽하게 자리 잡고 있었기 때문이다. 목차는 100쪽이 넘었고, 책은 살상무기로 사용해도 이상하지 않을 정도의 비주얼을 자랑했다. 그래서 며칠간은 책을 펼쳐 볼 엄두도 내지 못했다. 그러다 목차를 지나 「신형장부도」身形藏府圖를 보게 됐다. 그걸 본 순간 푸핫! 둥글둥글한 배불뚝이 아저씨가 등장하는 것이다. 코에는 피어싱 같은 걸 하고 있고, 배에는 주름이 자글자글, 몸에는 요상한 무늬들이 있는. 그렇게 한바탕 웃으며 책장을 넘겼다. 책 속의 내용 또한 편견처럼 고리타분하며 어려운 게 아니었다. 오히려 신비롭고 놀라운 이야기들이 펼쳐진 '신세계'였다.

『동의보감』을 만나면서 내 '몸'을 떠듬떠듬 관찰하기 시작했다. 정精, 기氣, 신神, 오장육부, 혈, 진액, 담음…, 오줌과 똥까지. 새로운 언어를 통해 몸 안의 '풍경'을 들여다보게 된 것이다. 놀랍게도 몸속에는 온갖 타자들이 좌충우돌하면서 공존하고 있었다. 그 속에서 생명을 유지하려면 고도의 전략이 요구된다. 음양오행陰陽五行, 태과불급太過不及, 수승화강水升火降 등의 원리가 바로 그것이다. 그래서 요즘 나는 식생활과 운동량, 생활 리듬과 감정 패턴 등을 몸의 반응과 매칭시켜 본다. 내 몸은 하나의 텍스트가 되었고, 나는 몸과의 대화를 시작한 것이다.

그러면서 나는 우리 몸 자체가 무언가와 '연결'되고 '관계' 맺고 있다는 사실을 알게 되었다. 간은 심장을 돕고, 심장은 폐를 제어하고, 비장은 폐를 돕고, 신장은 심장을 제어한다…. 상생과

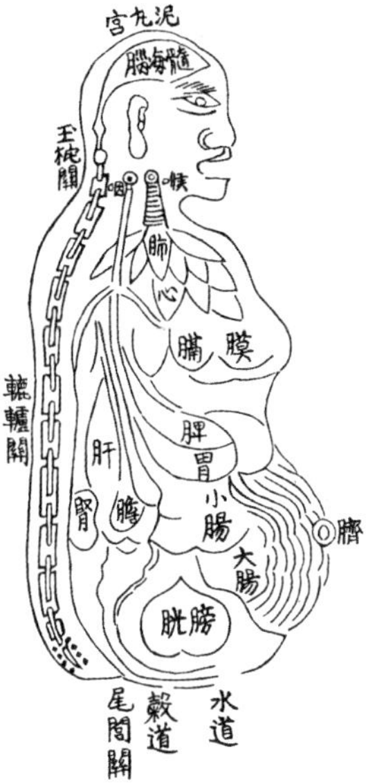

신형장부도

상극 작용을 통해 오장육부는 서로 긴밀하게 영향을 주고받았다. 독자적으로 활동하는 기관은 없었다. 그래서 하나에 이상이 생기면 연쇄반응이 일어난다. 오장육부만일까? 아니다. 신체를 구성하는 모든 것들이 끊임없이 상호작용하고 있다. 더 나아가 인간은 우주와 연결된 존재이다. 하늘과 머리, 땅과 발, 사계절과 사지, 오행과 오장, 육극과 육부, 샘물과 혈 등이 서로 이어져 있다. 그러니 몸은 얼마나 접속을 원할까? 생명의 핵심은 여기에 있다! 자의식과 인정욕망에서 벗어나 타자와 소통하고 접속하는 삶의 기예를 『동의보감』을 통해 배우고 싶다.

동의보감

나 혼자 '못' 산다!

문명

20대 중반, 나는 부모님과 싸우고 대차게 집을 나왔다. 눈보라 휘몰아치는 겨울에 부동산을 돌아다녔다. 가급적 빨리 나가기 위해. 그렇게 나 혼자 살게 되었다. 억울해서라도 잘 살고 싶었다. 인터넷에서 온갖 인테리어 이미지를 보고 방을 최대한 예쁘게 꾸몄다. 아무도 침범할 수 없는 '독립'된 나만의 공간으로! 그렇지만 웬걸, 현실은 '고립'에 가까웠다. 일상은 늘 혼밥이었다. 집-회사를 오가며 중간에 들르는 밥집이 달라지는 정도랄까. 아무 일도 일어나지 않기를 바랐지만, 이 정도는 아니었다. 기를 쓰고 꾸민 방에는 누구도 찾아오지 않았다. '혼자 잘 살 거야!' 하며 의지를 불태운 것도 얼마 가지 못했다. 스스로 모든 것을 다 책임져야 한다는 부담감이 몸을 경직시켰다. 나만의 공간은커녕, 점점 들어가기 싫은 곳이 되어 버렸다. 관계하지 않는 편안함도 잠시 뿐이었다.

'고립'된 삶에서 벗어나기 위해 집을 나섰다. 어디로 가야 할까? 아무리 생각해도 내 머릿속에는 별다른 아이디어가 떠오르지 않았다. 발길 닿는 대로 걸어 보자! 하지만 그 끝에 도착하는 곳은 늘 쇼핑몰이었다. 백화점, 화장품 가게, 대형마트까지. 집을 나서기 위해서라도 무언가를 사러 가야만 했다. 이 회로를 벗어나고 싶었지만, 다른 삶에 대한 가능성을 생각할 수 없었다. 답답했다. 공허함과 외로움이 불쑥불쑥 찾아들었다. 뭔가 다른 삶을, 이전에는 생각할 수도 없었던 그런 삶을 살고 싶었다. 그러다 감이당&남산강학원에 접속했다. 그곳에서 만난 『동의보감』은 그런 내게 다른 삶의 가능성을 열어 주었다. '생명'이라는 이름의!

사람의 몸은 밖으로는 우주, 안으로는 오장육부와 서로 연결되어 있다. 『동의보감』의 첫 장면을 장식하는 「신형장부도身形藏府圖」는 이 '연결성'을 잘 보여 준다. 간심비폐신肝心脾肺腎은 따로따로 존재하지 않는다. 막힌 데 없이 열려 있어 서로 기운을 주고받는다. 그 밑에 달린 손진인孫眞人의 말은 한 번도 생각해 보지 못한 상상력을 불러일으킨다. "머리가 둥근 것은 하늘을 닮았고 발이 네모난 것은 땅을 닮았다."(『낭송 동의보감 내경편』, 북드라망,

22쪽) 헐~ 머리는 하늘과, 발은 땅과 연결되어 있다니! 혼자라고 생각했지만 이미 내 몸은 자연과 우주와 연결되어 있었던 것이다. 단지 이 연결성을 한 번도 인식하지 못했을 뿐.

혼자 사는 게 좋다고 생각했다. 다른 사람을 신경쓰지 않고 내 마음대로 하는 게 자유인 것처럼 떠들었다. 내가 하고 싶은 대로 마음껏 할 수 있어야 한다고 믿었다. 홀로 밥을 먹고, 카페를 가는 게 점점 익숙해졌다. 아무도 방해할 수 없는 나만의 세계를 즐기는 듯했다. 아니, 즐겨야 한다고 생각했다. 화려한 싱글라이프를 예찬하는 미디어처럼. 하지만 『동의보감』은 말한다. 생명은 절대 그런 식으로 존재할 수 없다고. 독립된 나만의 공간은 사실 이웃과의 단절, 불통의 신체를 만드는 길이었다. 현대의학에서도 이웃 세포와 교류하지 못하고 증식하기만 하는 세포를 '암'이라고 한다. 나도 '생명'이기에 무의식적으로 알고 있었던 것은 아닐까? 혼자서는 도저히 못 살겠다고. 왜? 재미없으니까!

『동의보감』은 우리가 연결되어 있을 뿐만 아니라, 적극적으로 관계 맺고 있다고 말한다. 상생과 상극의 메커니즘으로! 간(목木)은 심장(화火)를 생한다. 땔감이 있어야 불이 타오르는 것과 같이 말이다. 하지만 이 불꽃은 물의 제어를 받지 않으면 제멋대로 타오른다. 따라서 물의 기운을 가진 신장이 심장을 극한다. '상생'이 있으면, '상극'도 있기 마련이다. 삶의 역동성은 여기서 나온다. 상극을 인정하고 싶지 않아서, 관계 맺지 않으려 발버둥을 쳤었다. 하지만 이제 안다. 피해서는 안 된다는 것을. 아니, 생명이기에 피할 수 없음을 말이다. 내 안의 오장육부가 그러하듯이 나도 역동적으로 살아야 하지 않을까. 나만의 공간에서 나와 상생상극의 장으로 기꺼이 들어가서 말이다.

전습록

사심을 내려놓으면 열리는 길

이윤하

어느 때부턴가 혼자 쓰는 공책에 이런 이야기가 들어차기 시작했다. 오늘 걔가 나한테 무슨 말을 하는데 날이 서 있더라, 나한테는 물어보지도 않고 걔네끼리 놀러 갔더라, 아까 걔 표정이 안 좋던데 내가 뭘 잘못했던 걸까…. 주로 내가 친구들에게 실망하고 마음 상한 이야기였다. 나는 그런 이야기들을 친구들한테는 직접 말할 수 없었고, 혼자서 글로 끄적거리거나 울면서 감정을 정리했다.

혼자 글을 쓰면서 나는 속으로 사람들과의 거리를 조정한다. 너와 친해지고 싶었지만 네가 그렇다면 지금은 때가 아닌가 보지. 내가 마음이 상한 건 다른 게 아니라 내 욕심 때문인 거고,

사실 우린 이 정도 사이였던 거야! 하면서 말이다. 나에게 사람들과 같이 산다는 것은 이런 식으로 나 스스로와 엎치락뒤치락 하는 일에 다름 아니었다.

그 사람들이 나에게 중요한 사람들일 때에도 나는 꿋꿋이 선을 긋고, 뒤로 물러서면서 살아왔고, 말할 수 없는 섭섭한 감정들만 속에 뭉쳐 놓았다. 양명陽明의 『전습록』傳習錄을 만나지 않았더라면 나는 평생을 이렇게 살았을지 모른다. 그렇게 몇십 년(?) 살다가 화병이나 울증으로 죽었을지 모른다!

『전습록』은 콱 막혀 있는 마음을 시원하게, 확 트이게 만들어 주는 책이다. 아니 그렇게 시원하고 확 트인 마음이, 우리가 본래 가지고 있는 마음이라고 말한다. 우리 모두는 어떻게 하는 것이 옳고 그른지 아는 명쾌한 마음, '양지'良知를 갖고 있다고. 그것은 어린아이가 우물에 빠지려고 하면 달려가 붙잡게 되는 것처럼, 배우지 않아도 일어나는 자연스러운 마음이다.

우리 마음이 본래 그러하다면, 어째서 우리에게는 명쾌하지 않은 순간들이 종종 생기는 걸까? 양명에 따르면 그것은 양지가 '사심'私心에 가려져 있기 때문이다. 사사로운 욕심에 본래의 마음이 가려져, 막상 어린아이가 우물에 빠지는 정도의 큰일이 아니면 양지가 제대로 드러나지 않는 것이다.

이 경우에 사심은 스스로에게 옳은 일을 하기보다 다른 것을 얻으려는 마음이다. 이를테면 우물로 기어 가고 있는 아이를 봤는데도, 신경쓰기가 번거로워서 못 본 척 딴 길로 피해 가려는 것이다. 그렇지만 이렇게 사심을 쓰게 되면, 우리는 스스로 찜찜하고 떳떳하지 못해 마음이 불편해진다. 이래도 되나, 이렇게 살아도 되나, 하는 질문이 스멀스멀 올라온다. 그것이 양지가 보내는 사심 신호다.

내가 사람들과의 사이에서 열심히 선을 긋고 지우고 또 긋고를 반복하면서 혼자 잔뜩 화가 나 있는 것도, 따지고 보면 사심 때문이었다. 나는 오히려 매번 내가 사람들에 대한 욕심을 내려놓고 마음을 잘 정리하고 있다고 생각해 왔다. 하지만 이제 보니 그것은 이 관계에 더 이상 힘을 쏟지 않겠다는 적극적인 선언과 같았다. '나는 더 상처받고 싶지 않다!'고. 그리고 이렇게 된 건 '내 잘못이 아니라 네 잘못'이라고! 나는 상처받지 않을 것이고, 결백할 것이라는 사심. 이 사심에 가려서 나는 스스로도 답답하게, 관계도 막히게 만들어 왔던 셈이다.

사사로운 마음이 없었다면 나는 적어도 '나한테 화났냐', 아니면 '무슨 일 있냐'고 사람들에게 물어볼 수 있었을 것이다. 거기에서부터 상대방의 이야기가 시작되었을 것이고, 나는 내 공책이 아니라 상대방의 이야기 속으로 들어갈 수도 있었을 것이다. 아니면 상대를 어떻게 다르게 대할 것인가를 강구해 볼 수도,

거리가 아니라 방식을 조정해 볼 수도 있었다. 사심을 하나 들어서 치우면, 내 마음이 보지 못하고 있던 길이 새로 열린다. 내 양지가 가고 싶었고, 마음에 찝찝함이 남지 않는 길이.

나는 늘 내가 상처받았다고 말해 왔지만, 눈을 돌려 보면 나 또한 얼마나 많은 사람들의 기대에 어긋나는 행동을 해왔을까. 이젠 내가 실망한 것을 붙잡고 앓고 있는 것보다 다른 사람들의 이야기를 듣는 게, 내 양지가 바라는 것이라고 느낀다. 『전습록』을 읽는다는 것은, 사심을 '한 푼' 덜고, 양지를 '한 푼' 회복하는 일, 곧 누구보다 내가 살고 싶은 삶을 찾아가는 것과 같다.

<u>차라투스트라는 이렇게 말했다</u>

연민으로부터 날아오를 힘

한승희

고통스러워하는 약자에게 느끼는 연민. 수많은 갈등들을 겪고 나서야 나는 선하다고 믿어 온 이 마음을 의심하게 되었다. 내가 약자라고 생각하는 사람의 삶에 연민은 과연 어떤 도움이 되는 것일까? 그가 자신의 고통을 이해하고, 삶을 새롭게 시작하는 과정에 말이다.

이런 질문을 하기까지 나는 약자에 대한 연민의 한복판에서 있었다. 그곳은 내가 작년까지 4년간 일한 곳으로, 학교폭력 가·피해 학생들을 위해 설립된 대안특성화고등학교이다. 이곳의 교사로서 어떤 학생도 차별받지 않고 행복한 교육을 받을 수 있기를 바랐다. 그러나 바람과는 달리, 개교 초기부터 온갖 폭력 사건이 여기저기서 터져 나왔다. 사건이 생길 때마다 교사들은 밤늦게까지 회의를 하며 해결 방안을 논의했다.

그런데 회의 과정에서 교사들 사이에 의견이 대립되어 강하게 부딪치는 일이 자주 생겼다. 학생이 안전하게 교육받을 권리가 폭력 가·피해 학생 모두에게 평등하게 보장되어야 한다는 전제가 문제였다. 사건 직후, 가해 학생을 집으로 귀가시키는 것부터 찬성과 반대가 갈려 좀처럼 결정이 나지 않았다. 가끔은 학생과 교사 간에도 폭력 사건이 났기에 가해 학생과 피해 교사 중 어느 쪽의 인권을 보호할 것인가의 문제도 첨예하게 대립되었다. 나는 폭언이나 폭행을 당한 피해자의 편에서 이들을 보호해야 한다고 주장했다. 그러나 가해 학생 또한 약자이기에 보호해야 한다고 주장하는 교사들도 많았다. 가정 결손, 정신 질환 등 여러 문제를 겪으며 감정을 조절하지 못하게 된 학생들을 이해해 줘야 한다는 것이다.

자신이 약자를 보호하는 선한 자라 믿는 교사들이 한치의 양보도 없이 싸우고 있을 때, 싸움의 바탕에 깔린 연민들은 과연 누구에게 어떤 도움이 되었을까? 가해 학생들은 자신을 연민하는 선생님들을 이용하여 사건의 책임을 피하려고 했고, 피해 학생들 역시 위로와 휴식의 시간을 계속 보장받고 싶어 했다. 시간이 흐르면서 사건의 당사자인 학생들뿐만이 아니라, 의견이 대립되었던 교사들까지 서로 감정이 남아 관계가 완전히 틀어지기도 했다.

회복적 생활교육이라는 체계를 도입하면서 학교에는 사건을 해결하는 매뉴얼이 생겼으나, 내 답답함은 여전했다. 때마침, 일주일에 한 번씩 꾸준히 참여하던 춘천의 공부 모임에서 니체 철학을 공부하기 시작했다. 니체의 책을 읽으면서, 나는 드디어 내 속의 답답함을 언어로 구체화하여 나 자신을 비춰 볼 수 있었다. 약자에 대한 '연민'에 흔들려 누구에게도 도움이 되지 않는 소모적인 싸움만 했을 뿐, 폭력과 고통을 이해하는 새로운 가치를 창조하지 못했다는 사실. 이런 내가 문제적으로 보이기 시작했다.

니체의 책 중에서도 『차라투스트라는 이렇게 말했다』가 내게 가장 강렬한 외침으로 파고들었다. 그는 연민을 극복하지 못한 사랑은 고통을 겪고 있는 자에게도, 그를 사랑하는 자에게도 더 많은 고뇌를 가져다줄 뿐이라고 말한다. 차라투스트라에게 연민은 극복해야 하는 마음이다. 보다 위대하게 사랑하고, 창조하는 삶을 살아가고자 하는 자라면 누구든!

왜 그런가? 지금 여기의 생생한 변화만이 전부인 우리의 삶. 그렇기에 갈등과 고통 역시 필연적이다. 이를 연민하는 것은 삶의 현실을 부정하는 도피에 불과하다. 고통을 새롭게 이해하는 자신의 가치를 창조하는 것만이 우리의 삶을 연민하지 않고 긍정하는 길이다. 차라투스트라의 확신에 찬 말은 그동안 내가 연민의 늪에 붙들려 오래 머물러 있었다는 걸 보게 한다. 그랬기 때문에 온갖 사건·사고가 일어나는 학교의 일상을 구체적인 삶의 윤리가 창조되는 배움의 장으로 만들어 갈 수 없었다. 차라투스트라의 말을 통해 나는 힘을 얻는다. 내가 붙들려 있던 '연민'이라는 중력으로부터 날아오를 힘을.

도덕의 계보학

니체에게 배우는 시월드 대처법

김보연

나는 2014년 겨울에 결혼했다. 결혼을 하면서 남편뿐 아니라 원치 않았던 선물도 받았는데, 바로 시어머니였다. 내게 시어머니는 새롭고 이질적이며 당황스러운 세계, 어느 날 갑자기 주어진 외부였다. 어머니는, 설거지는 당연히 며느리의 몫이다, 문안 인사를 하지 않는다, 시부모의 생일상을 차리지 않는다 등등의 말로 나를 당황하게 했다. 나는 이런 못된 사람을 만나 괴롭힘을 당해야 하는 것이 억울했다. 내게 시어머니의 행동은 불합리했을 뿐 아니라 전혀 이해할 수 없는 것들투성이였다. 하지만 나는 어머니 앞에서 어떻게 해야 하는지 알 수 없어 늘 속으로만 열불을 내며 괴로워했다.

그러다 니체의 『도덕의 계보학』을 읽으면서 책에서 말하는 '원한감정'에 꽂히게 되었다. 시어머니에 대한 내 감정이 바로 이것이라는 생각이 들었다. 나는 '착하게 살았는데 왜 이런 불행이, 내가 왜 이런 나쁜 사람에게 괴롭힘을 당해야 해!'라는 마음을 원한감정으로 이해했다. 누군가에게 피해를 받고 있지만 특별히 대항하지 못할 때 느끼는 감정 말이다. 나는 원한감정의 해소법을 잘 파악해서 내 문제를 풀고 싶었다. 하지만 결과적으로는 무엇이 원한감정인지조차 명확하게 말하기 어려운 상태로 공부를 마무리했다.

올해 내 생일날, 시어머니는 지난날 불같이 화를 냈던 일을 모두 잊었다는 듯, 웃으며 내게 꽃다발과 용돈을 안겨 주었다. 나는 그런 어머니의 모습을 보면서 왠지 진 것 같은 기분이 들었다. 그 기분이 무엇인지 명확하게 말하기는 어렵다. 하지만 내가 어머니와의 싸움에서 진 것이 아니라, 나 자신한테 진 것만 같았다. 어머니는 우리 사이의 안 좋았던 일과 상관없이 내 생일을 진심으로 축하하고 있는데, 나는 그렇지 못했기 때문이다. 나는 주인공임에도 불구하고 어머니에 대한 미움에 휩싸여 있어 아무리 좋은 장소에서 좋은 음식을 먹어도 하나도 즐겁지 않았다. 이런 나의 모습과 대조적으로 어머니는 나에 대한 미움이 전혀 없는 사람처럼 보였다. 어머니는 그저 자신이 있는 현장에 충실한 모습이었다. 나는 처음으로 상대가 아니라 내 행동에 문제가 있다는 생각이 들었고 다시 『도덕의 계보학』을 펼쳤다. 그제야 비로소 원한감정이 새롭게 읽히기 시작했다.

내 경우처럼 상대의 힘을 받기만 할 뿐 아무런 행동도 하지 못하는 수동적 상태에서는 상대와 자신에 대한 불만이 생기게 마련이다. 이때 우리는 힘을 쓰는 상대를 '악한 사람'으로, 그에 대립하는 자신을 '선한 사람'으로 설정한다. 이 구도에서는 선한 사람이 악한 상대에게 일방적으로 괴롭힘을 당한다. 그래야 상대에게 모든 책임을 돌림으로써 복수하는 쾌감을 맛보고, 자신에 대한 불만도 해소할 수 있기 때문이다.

하지만 나는 마음속에서만 시어머니를 처벌하는 쾌감을 누렸을 뿐 현실에서는 그 누구보다 괴로운 사람이었다. 늘 미움을 간직한 채 누군가를 만난다고 생각해 보라. 모두가 즐거운 순간에도 나 혼자 어머니의 사소한 행동, 말투 하나에도 예민하게 반응했다. 시댁에 다녀온 날은 공식 부부싸움의 날이 되었다. 나는 지나간 감정은 깨끗이 털어 버리고 현재에 충실할 능력이 없었다. 그래서 현재를 과거로 채우고 있었지만 미움이라는 감정에 잠식당하니 괴로울 수밖에 없었다.

나는 이러한 나의 무능력을 직면하지 않기 위해 상대를 계속 나쁜 사람으로 왜곡해야 했는지도 모른다. 나 자신을 보지 않으려면 원한감정에 계속 빠져 있는 것이 필요했다. 내 원한의 첫 번째 이유가 어머니한테 있다고 가정하더라도, 끝까지 나를 괴롭혔던 것은 결국 나 자신이었던 것이다.

나는 『도덕의 계보학』을 통해서 원한감정이 자신을 가리는 가면이라는 것을 알게 되었다. 니체는 말한다. 더 이상 스스로를 속이지 말라! 스스로를 정직하고, 투명하게 보라! 원한감정의 늪에 빠지려 할 때마다 나는 『도덕의 계보학』을 펼쳐든다. 내가 외면하는 것이 무엇인지, 스스로에게 무슨 행동을 하고 있는지, 스스로에게 좀더 정직할 수 있도록 말이다.

안티 오이디푸스

『안티 오이디푸스』를 '만나다'

박소담

나는 다른 사람 앞에 서면 생각이 참 많아진다. 상대 앞에서 내가 무슨 말을 해야 할지, 어떤 반응을 보여야 할지 고민하는 탓이다. 특히 상대의 표정이 어둡기라도 하면 머리는 더 팽팽 돌아간다. 내가 뭘 실수했는지, 다른 말을 했어야 했는지, 어떻게 해야 상황이 좀 나아질지 등등. 이렇듯 넘치는 고민 홍수에 내 피가 마르기도 했지만, 한편으론 상대에게 인정받을 때의 쾌감도 컸다. 내가 던진 농담 하나에 빵 터지거나, 나름 멋있는 행동을 해서 대단하다는 소리를 듣노라면… 솔직히 참 좋았다. 그러니 어떻게든 상대에게 좋은 반응을 얻어내려고 안간힘을 썼고, 그것이 나에겐 곧 만남이었다.

하지만 그런 만남은 늘 어렵고 피곤했다. 좋은 반응을 얻었을 때의 쾌감은 잠시뿐이고, 대부분은 그러지 못해 안달복달하고 있었기 때문이다. 이런 고민에 『안티 오이디푸스』는 딱 맞는 책처럼 보였다. 사랑받으려는 자아, 이는 좋은 반응에 사로잡혀 있는 내 모습이 아닌가? 이 책이 자아에 대한 '안티'를 말하고 있는 만큼, 책과 만나면 나 역시 '좋은 반응을 얻어야 한다'는 틀에서 벗어날 수 있으리라.

그런데 이상하게도 나는 장장 15주의 수업이 다 지나가도록 그 방법을 찾지 못하고 있었다. 발제문을 써 가도 『안티 오이디푸스』를 만나지 못했다는 피드백을 듣기 일쑤요, 에세이도 완성하지 못했다. 심지어는 지금 쓰는 한 페이지짜리 글에도 애를 먹고 있다니! 나는 정말 『안티 오이디푸스』와 연이 없다고, 이젠 다 틀렸다고 생각했을 즈음에 책의 한 구절이 눈에 들어왔다.

> 욕망은 그 자체로는 사랑하려는 욕망이 아니라 사랑하는 힘, 즉 증여하고 생산하고 기계 작동하는 덕德이다(왜냐하면 삶 속에 있는 것이 어떻게 또한 삶을 욕망할 수 있으랴? 누가 이것을 욕망이라 부르려 할까?). (질 들뢰즈·펠릭스 가타리, 『안티 오이디푸스』, 김재인 옮김, 민음사, 2014, 553쪽)

『안티 오이디푸스』는 말한다. 만남은 만나려고 하는 게 아니라 곧바로 '만나는' 거라고. 그렇다면 나는 이미 『안티 오이디푸스』와 만나고 있다는 건가? 놀랍게도 그렇다. 물론 책은 이해되지 않지만, 이해되지 않는 글들 사이사이로 꽂히는 문장들이 있었다. 책에서 그 부분만 형광펜으로 칠한 듯 보이거나, 읽을 때 미묘하게 콧등을 간지럽히는 문장들이. 처음의 꽂힘, 그 이끌림은 책을 읽다가 정말 돌연히 내 안에서 솟아올랐다. 그 문장이 내 문제에 도움이 되는지 안 되는지는 둘째 치고 말이다. 이처럼 내가 예측하지 못했던 것, 기대하지 않았던 것에서 '만남'이 이루어진다면, 여태까지 내가 만난다고 생각했던 건 대체 무엇이었던가?

나는 『안티 오이디푸스』를 읽으면서 '좋은 반응'에 집착하는 내 모습을 바꾸고 싶다고 생각했지만, 그건 어디까지나 내가 이해할 수 있는, 내가 알고 있는 방법인 한에서였다. 『안티 오이디푸스』는 수없이 많이 자아에 대해 말하고 있었다. 하지만 그것은 내가 기존에 알던 방식과는 굉장히 상이했다. 나는 그 상이함과 접속하려고 하기보다는 그것을 '이해하지 못함'으로 보고, 더욱 더 열심히 이해하려 노력했다. 내가 가지고 있는 틀에 맞춰 『안티 오이디푸스』를 재단하려 했던 것이다.

관계도 마찬가지였다. 내게 다른 사람과의 만남이 어려웠던 건, 어느 누굴 만나도 '좋은 반응'을 갈구했기 때문이었다. 그 밖에 기대되지 않는 모든 것들은 무시된다. 『안티 오이디푸스』와 만나지 못했다는 좌절이 책 읽기를 어렵게 했듯, 상대와 나 사이에서 발생하는 수많은 느낌들은 '좋은 반응'을 얻으려 애쓰는 조바심과, 그러지 못했다는 자책에 묻혀 버렸다. 만나려고 하면 할수록 '만남'에서는 멀어지는 이 역설!

이제는 이 거짓된 만남에 작별을 고할 때다. 『안티 오이디푸스』는 내게 말했다. 네가 타자를 대하는 그 순간에 올라오는 느낌들이 곧 '만남'들이라고. 그 느낌들은 나 역시 타자와 '만날' 수 있는 사람이라는 확신을 준다. 만남을 어려워하는 나에게서 실제로 '만나는' 나로! 『안티 오이디푸스』를 이해하지 못해 부끄러워했던 나는 이제 당당히 말할 수 있다. 나는 『안티 오이디푸스』와 '만났다'고.

안티 오이디푸스

성聖가정으로부터 탈주하라

신혜정

결혼 전부터 난 가정에 대한 나름의 롤모델이 있었다. 바로 가톨릭에서 말하는 '성聖가정'. 근엄하지만 사랑이 넘치는 하느님 아버지, 온화하고 희생적인 성모마리아, 그런 아버지와 어머니의 보살핌으로 구원받는 자식들. 이렇게 구성된 가족 삼각형이 내가 꿈꿔 오던 이상적인 가정의 이미지였다. 그래서 결혼할 때 직장부터 그만두라는 시아버지의 일방적인 통보도 별말 없이 따를 수 있었다. 시댁 어른들에게 복종하고 남편과 아이들을 열심히 케어하는 게 나의 역할이라고 생각했기 때문이다. 이렇게 스스로를 억압하면서 또 한편으론 원하는 가정을 만들고 지키기 위해 나의 기준을 다른 사람들에게 강요했다. 불교 신자였던 시어머니를 가톨릭으로 개종하도록 설득하고 남편에게는 가장으로서의 책임감을, 아이들에게는 자식의 도리를 끊임없이 요구하면서 말이다.

지금 생각해 보면 사회적으로 학습된 환상을 마치 내 것이라고 착각하며 내면화해서 그걸 또 가족에게 이입하려고 했던 것 같다. 그리고 가족을 위해 억압당하며 희생하고 있는 것처럼 말했지만 사실은 나 역시 다른 이들의 욕망을 탄압하는 파시스트였던 거다. 가족의 삶을 촘촘히 관리하고 거기에 끊임없이 개입하면서 이것이 모두를 위한 최선이라고 굳게 믿었다. 그러던 어느 날 사춘기 아들이 과한 스트레스로 인해 기쿠치라는 병에 걸리고 원하는 것들을 지키고자 늘 노심초사하고 불안해하던 나도 쓰러져 응급실로 실려 가는 일이 생겼다. 앞만 보고 달리던 '성가정'이라는 이름의 열차에 브레이크가 걸린 것이다.

그러면서 이제껏 보이지 않던 것들이 눈에 들어오기 시작했다. 밖에서는 존경받고 성공한 사회인이지만 집 안에서는 한 끼 식사조차 스스로 해결하지 못하는 무능한 시아버지, 평생을 남편의 보호 아래 풍족하게 살았음에도 우울증으로 힘들어하는 무기력한 어머니, 심신이 병들어 수동적이고 슬픈 신체가 되어 버린 가족들을 보면서 내가 그토록 지키기 위해 애썼던 가족의 실체는 도대체 무엇이었을까, 라는 생각이 들었다.

올해 감이당의 금요대중지성 공부를 시작하면서 만난 『안티 오이디푸스』는 나에게 가족 삼각형, 오이디푸스의 적나라한 민낯을 보여 주었다. 들뢰즈와 가타리는 이 책에서 가족이란 자본주의의 생산물일 뿐이라고 주장한다. 핵가족화가 되면서 자본주의라는 사회체가 나온 것이 아니라 자본주의가 체제 유지를 위해 가족 삼각형을 조직했다는 논리이다. 그리고 거기에 성가정, 스위트 홈과 같은 이미지를 덧씌워 환상과 망상을 조장했다고 말한다. 그렇다면 자본주의는 왜 그것을 의미화하는 작업이 필요했을까? 그 이유는 다양한 욕망의 흐름들이 자본의 내적 극한을 벗어나지 못하도록 포획하기 위해서이다.

이때 자본주의가 이용하는 것이 바로 정신분석학의 '인간주의' 즉 사랑, 배려, 희생이라는 휴머니즘과 '사유화'라는 공리체계다. '엄마라면, 며느리라면, 자식이라면 이렇게 해야 돼. 그리고 네가 그렇게 한다면 이건 다 너의 것이야'라는 은밀한 속삭임 말이다. 그렇다. 내가 시아버지나 남편의 권력에 순종하며 내 역할을 수행했던 것도 그 대가로 주어지는 물질적인 보상과 칭찬, 또 거기서 느끼는 쾌락을 끊임없이 교환하고 있었기 때문이다. 거기엔 성스러움도 서로에 대한 구원도 없다. 화폐와 쾌락을 중심으로 한 지배와 복종이 있을 뿐.

들뢰즈·가타리는 자본주의와 정신분석학의 공모에 맞서

'욕망기계'라는 개념을 도입한다. 왜 하필 욕망과 기계일까? 그들에게 욕망은 상징이나 상상이 아니다. 그것은 실재이다. 현실을 생산하고 신체를 움직이는 힘. 어떤 것과 연결, 접속하느냐에 따라 끊임없이 변주하는 에너지의 흐름이다. 그리고 기계는 해체와 조립을 반복하면서 쉬지 않고 무언가를 생성하는 창조적 순환을 의미한다. 다시 말해 욕망기계는 존재의 생명활동이며 비전을 뜻하는 것이다.

이제 나는 반反생명적인 성聖가정을 탈주하려 한다. 다양한 존재들과 만나 인식의 지반을 넓히고, 지금까지와는 다른 삶을 생산하고 생성하는 욕망기계의 작동을 위해서.

안티 오이디푸스

더 넓은 짝짓기의 세계로

김석영

어린 시절, 나에겐 크고 은밀한 즐거움이 있었다. 그건 '패션잡지'를 보는 것이었다. 열 살 무렵부터였을까. 사촌언니의 집에 가면 패션잡지가 눈에 들어왔다. 매번 설레는 맘으로 집어들던 그 책들은 10대 초반의 나에게 아주 강렬한 자극을 주었다. '여성인권'이 진보했다는 지금은 상상도 할 수 없을 만큼 노골적인 언어로, 20년 전의 패션잡지는 내게 '성'에 대해 가르쳐 주었던 것이다. '어떻게 매력적인 여자가 될 것인가', '어떻게 남자를 유혹할 것인가' 등을!

꼬마가 그런 걸 어따 쓰나 싶겠지만, 이것들이 단순한 '볼거리'로 그치진 않았다. 10대 초반부터 배워 온 잡지식들이 내가

20대에 들어서며 엄청난 위력을 발휘했다. 남다른 호기심과 열정에, 오랜 세월 잡지책을 통해 뼛속까지 새겨진 스킬들이 더해져 나는 수월하게 성을 향유할 수 있게 된 거다. 남자들을 꼬시는 것, 연애, 스킨십, 많은 사람들에게 '매력 있는 여자'로 인식되는 것. 이 짜릿함! 책에서 그랬듯 실전에서도, 성은 내게 설레고 벅차고 즐거웠다.

하지만! 여기에는 늘 풀리지 않는 갑갑함이 함께했다. 우리의 성은 '암컷과 수컷의 만남'이다. 여자인 나는 남자와 만나기 위해 여자로서의 노력을 한다. 외모를 가꾸고, 남자들을 끌어당기는 순진하고 고분고분한 태도를 담지하는 등, 교묘한 노력을! 하지만 이상한 것은 노력을 하면 할수록 나는 나약해진다는 것이다. 열심히 살수록 더더욱 나를 예뻐해 줄 사람이, 기댈 사람이 필요해지는 아이러니. 그 길을 계속 가는 건, 자기학대에 다름 아니었다.

그렇다고 성을 포기할 순 없었다. 나는 이 위기를 돌파하기 위해 페미니즘을 공부해 보기도 하고, '여성성'을 지우며 '남자처럼' 되어 보려 하기도 하고, '강인한 여성상'을 그려 보기도 했다. 하지만 다른 길은 없었다. 남녀의 성을 향유하려면 결국에는 '매력 있는 여자'가 되어야 했다. 그러니 성은 즐거우면서도, 한편으론 나를 갉아먹는 '나쁜 것'이었다. 성을 누리려면 나는 나약해질 수밖에 없을까? 강해지기 위해서는, '성적 즐거움'을 조금쯤은 포기해야 하는 걸까?

고민들을 풀지 못해 외면하고 살다가, 『안티 오이디푸스』를 만났다. 짝짓기, 접속, 끌어당김 ! '성'에 훅훅 직접 들어가는 책이라니. 처음엔 반가웠다. 하지만 읽으면 읽을수록… 거부감이 울컥울컥 올라왔다. 이 책은 자꾸만 뭔가를 건드렸다. 아니, 뭔가를 송두리째 잡고 흔들었다. 나의 즐거움과 괴로움이 뒤섞여 단단히 뿌리 내린 전제, '나는 여자'라는 전제를!

내가 남자라도 될 수 있다는 것인가?! 그건 아니다. 『안티 오이디푸스』의 '성'은 암컷과 수컷으로 이루어진, '두 성별의 세계'를 가뿐히 뛰어넘는다. 우리가 남자 또는 여자로 규정되는 것은 결과론적인 것이다. 남자 혹은 여자로 정의 내려지기 이전에, 우리 안에는 수많은 남자들이, 또 수많은 여자들이, 남성과 여성 사이의 넓~은 스펙트럼이 존재한다. 그 양 끝에 '남과 여'를 뒀지만, 그마저도 '인간적'이다. 사실 그 사이에는 '암'과 '수'로 범주화할 수 없는 '성'들이 있다. 호흡-기계, 먹는-기계, 보는-기계 등 무궁무진한 접속하는-기계들.

그렇게 우리들은 n개의 성으로 이루어진 존재들이다. '성'은 단지 '암컷과 수컷의 교미'뿐만이 아니다. 성은 모든 짝짓기다. 타자들, 서로 다른 흐름들이 만나는 모든 것이다. 모든 것들은 다양한 방식들로 매력을 뿜어 낸다. 서로를 끌어당기고, 밀쳐 내고, 긴장도를 만들어 낸다. 그것이 성이고, 그 모든 곳에 성적 쾌감이 있다.

나는 더 이상 나의 성욕을 '여자가 되고픈 욕망' 따위에 욱여넣을 필요가 없어졌다. 성을 '즐겁지만 나를 나약하게 하는 것'이라며 미워하며 한탄할 필요도 없어졌다. 나를 오도 가도 못하게 하던 두 질문, "어떻게 성적 즐거움을 누릴까?"라는 질문과 "어떻게 여성이 될까?"라는 질문을 이 책이 스윽 분리시켜 주었기 때문이다. 내게 중요한 것은 '여자가 되는 것'이 아니라 '성적 쾌감을 누리는 것'이었다.

나는 보다 경쾌하게, 새로이 질문을 던진다. "어떻게 성적 즐거움을 누릴까?" 어떻게 여성과 남성, 인간의 성을 뛰어넘는, 수천 수만의 짝짓기의 세계로 나아갈까? 지금도 이루어지고 있는 n개의 짝짓기에, 내 몸을 흐르는 긴장도에 귀기울여 본다. 다시 설레고 즐겁지 않을 수 없다. 『안티 오이디푸스』와 함께, 우리의 성적 즐거움은, 어디까지 갈 수 있을까?!

홍루몽

사랑 불능의 시대, 여성성이 필요해

김희진

내가 한창 '『홍루몽』紅樓夢 세미나'를 하던 2018년, 대한민국에서는 미투 고발이 팝콘처럼 터져 나오고 있었다. 나는 놈들의 파렴치한 행동에 분노를 느꼈지만, 집에서 아들들에게 눈에 힘을 주고 '똑바로 커야 한다'고 엄포를 놓거나 남편을 잠재적 성범죄자 취급을 하며 단속을 할 뿐, 진지하게 사건의 심층을 들여다보거나 페미니즘에 관심을 갖지는 않았다. 페미니즘이 아니어도 난 여성이니까 내 안에는 어떤 이념에 물들지 않은 여성성이 있다고 생각하고 있었다.

시끄러운 미투 이슈가 있을 때마다 '『홍루몽』 세미나'는 그 이야기로 채워졌다. 『홍루몽』은 연애소설이며, 여성성이 넘쳐나는 텍스트이기 때문이다. 한 가문의 규중 처녀들이 모여 사는 별도의 정원이 주 무대인데, 그 수많은 자매들과 시녀들 사이에 딱 한 명의 소년인 보옥이 끼어 있다. 그야말로 지금 남자들이 들으면 아방궁이라며 침 흘리며 부러워할 조건 아닌가! 보옥이 역시 여자를 너무나 좋아하여, 남자는 상대도 않고 오직 누이·누나와 시녀들과만 어울리려 한다. 한데 보옥은 이상하다. 그는 만나는 여자들 하나하나마다 그 훌륭함에 감탄하고, 온 마음과 정성을 다해 그녀들의 마음을 헤아리느라 여념이 없다. 여성을 대상화하며 단지 성적 욕망만을 채우려는 보통의 남자들과는 너무나 대조적인 이 아름다운 소년! 보옥의 감수성 넘치는 여성 예찬은 웃기고도 기상천외하다.

그런데, 오래전 공부를 시작한 첫 해에 이 책을 처음 봤을 때는 도저히 읽을 수가 없었다. 도대체 보옥의 정체가 뭔지를 모르겠으니 무슨 내용인지 어리둥절하고, 주제나 맥락 파악이 안 돼서 가만히 앉아 읽어 내려갈 수가 없었던 것이다. 의식적인 거부가 아니라 그냥 못 읽겠는 것! 새롭거나 이질적인 것과 섞이지 못할 때, 우리가 보통 하는 말은 '재미없다'이다. 그래서 나의 『홍루몽』 첫 경험은 '재미없어'에서 끝나 버렸던 기억이 있다.

그러다 근래 세미나에서 다시 만난 『홍루몽』은 요즘 남자의 폭력문제와 대비돼서인지 흥미진진하게 읽혔고, 불교적인 깨달음의 내용과 예술성 높은 묘사의 경지는 나를 압도하는 힘이 있었다. 하지만 나와 『홍루몽』 사이의 이질감이 완전히 사라진 것은 아니었다. 뭐지? 이 불편한 감정은? 난 이것이 계속 마음에 걸렸고, 결국 초조하게 무언가를 찾고 있던 나를 발견했다.

추잡한 폭력과 관음증이 난무하는 사랑 불능의 시대에 진저리치며, 여자 마음을 공감해 주는 남자를 원한다고 말하지만, 여자들의 머리 한 번 빗겨 주길 소원하며 남자로 태어난 걸 한스러워하는 보옥이가 과연 여성이 원하는 캐릭터일까? 다정함만 빼면, 보옥은 사실 무능력하고 책임감 없고 비겁한 면이 있지 않나? 지금 시대의 대안적 모델로 보옥이를 소환하기에는 용납되지 않는 행동들이 참 많다. 시대가 달라서? 아니다. 여자들은 오히려 로마시대의 전사나 중세의 기사도를 선망하지 않던가.

이거였다. 어느 시대에도 없던 남자 캐릭터를 만난 당혹스러움! 보옥은 분명 매력적인데도, 내가 갖고 있던 '남자다움'이라는 상象 어디에도 속하지 않았고 그것이 대체 무엇인지 설명할 수 없어서 불안했다. 어떤 대상을 내가 가진 '틀'에 맞추어 보는 시선은 그 자체가 무리수이고 폭력이다. 하지만 남자다움에 대한 기대와 편견은 나 같은 보통 여성들, 그리고 그 멍에를 지고 있는 남자들의 무의식에 깊이 자리 잡고 있다. 그래서다. 보옥은 그 상을 내재화한 남자도, 그것을 기대하는 여자도 싫어한다.

『홍루몽』의 넘치는 여성성은 '여자여자한' 분위기도, 여자 편을 드는 것도 아니다. 그것을 모두 뛰어넘는 지점, 바로 목적 지향적이고 주류적이며 견고한 사고의 틀을 깨는 것이 바로『홍루몽』의 여성성이다. 스스로 여성적이라고 착각하던 내가 내내 부딪혔던 지점이다. 서로의 성 역할에 대한 불가능한 환상과 피해의식의 피로감 속에 공격과 폭력이 난무하는 시대에,『홍루몽』의 여성성은 실로 절실하다. 이제야말로 지긋지긋한 편견과 고정관념의 감옥을 허물 때다.

슬픈 열대

동일성에서 차이로

김영미

탈북민들의 적응을 돕는 일을 10년 넘게 하다가 얼마 전 퇴직하였다. 첫 만남은 이들이 갑작스럽게 대거 입국하던 2001년이었다. 당시 우리 사회는 이들을 정착시키기 위한 법과 제도가 미비하였다. 특히 홀로 입국한 탈북 청소년들은 갈 곳이 없었다. 당황한 우리는 급한 대로 함께 살았다. 나는 이들과 우리 사이에 동질적인 것보다 이질적인 것이 많다는 것을 알고 있다고 여겼고, 이들을 같은 민족이라는 이유로 북한에서 온 '특별한 존재'로 대하지 않으려고 애썼다. 하지만 어느 순간 이들에게 '국민'으로서 살아가라고 요구하면서 불화를 겪었다.

우리 사회에 뿌리를 내리고 편하게 살기를 바라는 마음이 왜 탈북민과 마찰을 일으켰을까? 분명 탈북민과 나 사이의 차이와 다름을 인정한 것 같은데, 나는 어떻게 동일성을 욕망하게 된 것일까? 오랫동안 고민을 해도 답을 찾지 못하였고 탈북민에 대한 원망만 커져 갔다.

그러다 레비스트로스(Claude Levi Strauss)의 『슬픈 열대』를 만났다. 그는 프랑스의 구조주의 인류학자로서 '미개사회'에 대한 새로운 인식을 열어 주었다. 당시 서구인들은 자신들의 문명이 가장 진보한 상태로 비서구 문명의 모범이라는 자부심을 가지고 있었다. 비서구사회는 야만이고, 미숙한 세계로서 계몽의 대상이라고 여겼다. 이에 대해 레비스트로스는 남미 여행에서 맛본 럼주들을 비교하며 서구사회의 오만함에 일침을 가한다. 서구인들의 취향에 맞는 럼주는 순도 100% 주조 과정을 거친 것보다 '불순물'이 만들어 낸 마술에서 나온다며 사회의 변화와 발전에서 불순물의 중요성을 강조한다. 그러나 대부분 불순물의 힘을 간과한 채 말끔히 제거하려는 충동을 억제하지 못한다.

동일성은 자신을 영원히 지속시키고 싶은 욕망에서 나온다. 동일한 생산물을 반복 재생산하고, 오늘이 무한 반복되기를 바라며 변화와 차이를 거부한다. 나는 탈북민들이 지닌 '결점'을 제거하고 우리와 같아지기를 바랐던 것이다. 그래서일까? 나는 시스템이 갖춰진 조직에서 일하는 것에 능숙했다. 매뉴얼과 절차

대로 하면 아무리 어려운 업무라도 성과를 낼 수 있었다. 동일한 것을 효율적으로 반복 생산하는 것은 심리적 안정감을 주었다.

레비스트로스는 동일성을 욕망하는 사람들에게 말한다. 차이는 사회를 혼란과 위험으로 몰아가지 않고, 오히려 이전의 흐름을 정지시키고 새로운 인식과 세계로 나아가게 하는 힘이라고. '구조'는 일종의 보편적 무의식으로서 차이라는 재료를 가지고 새로운 작품을 만들어 내는 힘이라고. 그것이 사회를 다양체로 만들어 더욱 풍요롭고 건강하게 한다고. 이를 간과한 나는 탈북민들을 '국민'으로 개조하려고 했고, 이를 거부하는 사람들을 '패배자'로 규정하였다. 탈북민과 나 사이에 연결되는 공통의 질서, 즉 구조를 보지 못했다. 그러니 탈북민과 나 사이에서 드러난 차이를 결핍으로 이해함으로써 제거하려고 한 것이다.

레비스트로스는 달랐다. 그는 불안정한 기질을 지닌 남비콰라족의 환심을 사려고 열기구를 띄웠다가 그 집단을 혼란에 빠뜨렸다. 당황한 그는 원주민들과 면담하며 과학적 원리 너머에 있는 그들의 인식, 즉 하늘 높이 올라가는 것은 재앙과 종말로 여기고 있음을 알게 되었다. 덕분에 그들이 '천국 복음'을 전하는 기독교 선교단을 학살한 사건의 배경을 이해할 수 있었고, 그들이 이 사건을 두고 영예로운 싸움인 것처럼 명랑하게 떠드는 이유도 깨닫게 되었다.

그는 남비콰라족의 세계관을 미신으로 치부하지 않고, 그 차이를 서구사회와 동등한 차원에 두고 '닮은 차이'를 찾으려 했다. 나는 이런 그의 눈이 놀라웠다. 현상에 머물지 않고, 심층을 꿰뚫는 눈, 차이 너머에 있는 '구조'를 발견하는 눈 말이다. 이제 그의 질문을 따라가며 탈북민들과 충돌을 일으킨 내 마음의 심층 구조를 밝히는 통찰력을 배워 보고자 한다.

외침

공무원에게 외침

이문희

많은 청년들이 직업으로 공무원을 선택한다. 30년 전 청년이었던 나도 공무원을 직업으로 선택했다. 때론 나에게 주어진 일이 부당하다는 생각도 했고 인정받지 못한 일에 대한 불편한 마음이 들기도 했지만, 한편으로는 정해진 위치에 맞는 일을 하면서 관료조직의 유전자를 몸에 잘 장착시키고 있었다. 나이나 위계로 따져 본 나의 현재 위치는 상위 5% 정도쯤 된다. 이렇듯 조직에서 연차가 쌓이고 직급이 높아지면서 개인적인 불만은 차츰 줄어 갔다.

그런데 작년 연말 나의 안정된 생활패턴에 금이 가는 사건이 일어났다. 새로 취임한 수장이 자신과 이해관계에 있는 사람들에게 자리를 주기 위해 나와 또 한 명의 여성 공무원에게 일방적인 전출 발령을 내면서 티오일정한 규정에 의해 정한 인원를 만들었다. 나는 그 일을 부당하다고 생각했고 모욕감까지 느꼈다. 폐쇄적인 방법으로 결정된 결과에 문제를 제기했다. 개인의 문제를 넘어 공직자 모두의 문제라고 생각해서 동지를 찾았다. 그러나 나와 같은 생각을 하는 이들은 직접적인 도움을 주지는 않고 소극적인 위로만 했다. 의견을 달리하는 이들은 조직의 이미지를 해친다며 드러내 놓고 싫어했다. 나만 아니면 된다는 식의 무관심은 실망스러웠고, 친한 동료들도 시간이 흐르면서 점점 새로운 권력자의 의중을 살피는 상황이 되어 갔다.

갑작스럽게 닥친 사건은 나를 불안하게 만들었다. 내가 당한 부당함을 몰라주는 것에 대한 분노도 점점 커져 갔다. 이때쯤 루쉰의 소설집 『외침』吶喊에 수록된 「작은 사건」을 읽게 되었다. 중국 근대혁명기에 베이징에 사는 주인공은 자신이 탄 인력거꾼이 허름한 차림의 노파를 치는 사건과 맞닥뜨린다. 노파가 일부러 인력거가 가는 길을 방해했다고 생각한 그는, 이 사고 때문에 자신의 일에 차질이 생기지 않기를 바라는 맘이 앞선다. 다친 노파의 상태는 안중에도 없다. 주인공인 '나'가 이런 생각을 하는 사이 인력거꾼은 노파를 부축해 일으킨다. 그녀의 몸을 살피고 자신의 잘못을 직접 주재소에 찾아가 알리기까지 한다. 먼지 뒤집어쓴 초라한 인력거꾼이 다친 노파를 부축해 걸어가는 뒷모습은 차츰 거인처럼 커지면서 주인공으로 하여금 자신의 두루마기 안에 숨겨진 소아小我를 쥐어짜게 한다는 이야기다. 100년 전 일어난 이 작은 사건은 내가 겪었던 일과 오버랩되었다.

일방적인 전출 명령은 조직에서는 사실 흔히 일어날 수 있다. 그때마다 리더들은 조직의 성과를 위해 어느 정도의 희생은 필수불가결한 것이라고 우리를 설득한다. 나도 그 말이 전적으로 옳다고 생각했다. 그 사건을 내가 직접 겪기 전까지, 부품처럼 갈아 치워지는 개인의 삶은 보이지도 않았고 보려고 하지도 않았다. 주인공이 다친 노파로 인해 인력거를 타고 목적지를 향해 가는 것을 방해받고 싶지 않았던 것처럼 말이다.

인사교류 건은 나의 강한 항의로 인해 일단락지어졌다. 다른 조직으로 간 것은 아니지만 한직 업무를 맡게 되었다. 이런 일을 겪은 이후에 퇴직 3개월을 남긴 옆 부서장이 리더와 생각을 달리했다는 이유로 바로 보직을 빼앗겼다. 그 사람은 부당하지만 그냥 따르겠다고 하면서 도와주겠다는 내 도움을 뿌리쳤다. 후배들을 위해서라도 부당함을 바로잡아 달라는 부탁에도 묵묵부답일 뿐이었다. 오히려 조직에는 그 부서장이 그럴 만한 일을 했을 것이라는 소문만 무성해졌다. 루쉰에게 쇄신을 촉구했던 이 작은 사건은 나에게 점점 또렷해진다. 그동안 이런 일들은 얼마나 많이 일어났었을까? 나는 얼마나 무관심했었던 것일까? 관료조직은 한 인간이 넘어졌을 때 아무도 일으켜 주는 사람이 없는 곳일까? 우리들이 조직의 한 덩어리가 된다는 것은 얼마나 큰 인간소외를 감당해야 하는 것일까? 공무원에게, 공무원이 되고자하는 이들에게 외친다. “여기 쓰러진 사람이 있다!”

숫타니파타

쇠철방에서 나온 사자

김주란

나는 68혁명 다음 해에 태어나, 87년 민주항쟁 다음 해에 대학에 들어갔다. 한 끗 차이로 어긋난 이 미묘한 타이밍 때문이었을까? 나는 시위에 참여는 하면서도 혁명을 믿지 않았다. 더 직접적인 원인은 한 권의 책이었다. 나를 흔든 그 책은 마르크스(Karl Marx)의 『자본론』이 아닌, 제레미 리프킨(Jeremy Rifkin)의 『엔트로피 법칙』이었다. 엔트로피 법칙이란 무질서도의 증가를 나타내는 열역학의 개념이다. 쉽게 말해 뜨거운 물은 시간이 갈수록 식고, 방은 어지럽혀지기 마련이라는 뜻. 물론 누군가 다시 물을 끓이고 방을 치우면 된다. 문제는 질서를 다시 회복하려면 더 큰 에너지가 투입되어야 한다는 것.

저자는 자본주의나 사회주의, 두 체제 모두 무한한 생산이 가능하다는 환상에 기반하고 있음을 지적한다. 이 책을 읽고 난 후 나는 세상을 완전히 다르게 보게 되었다. 헌신적인 노동운동과 용감한 정치투쟁에 뛰어드는 이들에게 존경을 보내면서도, 불처럼 벼락처럼 세상의 판을 바꾼들 근본적인 문제는 달라지지 않는다는 사실을 알게 되었기 때문이다.

일상 속에서 생명의 윤리를 실천하고자 하는 생협공동체 운동에 대해 알게 되었을 때, 나는 기뻤다. 처음 생협은 운동성이 분명했다. 소비 행위를 통해 지구를 살리는 유기농 생산 활동을 안정적으로 지원하고, 더 나아가 근본적으로는 소비 행위 자체를 성찰하자는 철학이 있었다. 회원 간 공부모임과 활동이 활발한 공동체 생협은 특히 그랬다. 회원이 늘어나자 생태나 음악 동아리, 환경교육, 동네운동회, 작은 도서관운동, 정치 참여 등 더욱 다양한 실험이 가능해졌다. 생기 넘치는 즐거운 나날들이었다.

그런데 어느 순간 생협들 간 경쟁이 붙기 시작했다. 작은 생협들은 흡수통합 되고 광고를 하는 생협까지 생겼다. 결국 생협은 '더 싸고 더 편리'하게 '쇼핑'하는 쇼핑몰이 되어 버렸다. 하지만 이런 진술은 '유체이탈화법'에 가깝다. '더 싸고 더 편리한 쇼핑'을 원했던 건 바로 우리 자신이니까. 너도 나도 비슷한 욕망에 갇혀 있는 처지에 누가 누구에게 뭐라 할 수 있겠는가. 어느 글에

선가 루쉰은 쇠철방에 갇혀 있을 때 홀로 깨어난다면 어떻게 해야 할까를 물었다. 그때 나로선 답을 알 수 없었다. 하지만 우리의 가족이나 공동체란 어쩌면 서로의 잠을, 서로의 욕망을 지켜주기로 약속한 관계가 아닐까 하는 생각을 했었다.

그러다 『숫타니파타』를 만났다. “소리에 놀라지 않는 사자같이, 그물에 걸리지 않는 바람같이, 진흙에 물들지 않는 연꽃같이, 무소의 뿔처럼 혼자서 가라.” 이 구절을 읽는데 가슴이 뻥 뚫렸다. 너무 시원했다. 그러고 보니 나는 내가 이런 사자일 수 있다는 생각을 해본 적이 없었다. 이제껏 자신을 긍정적인 사람이라고 여겨왔는데 웬걸, 실은 인간에 대해 너무나 왜소한 전망을 지니고 있었던 것이다. 그랬기에 서로 대충 봐주고 위로하면서 사는 게 최선이라고 믿었고 인간의 한계를 넘어설 수 있다고는 상상조차 못했었다. 이야말로 저 스스로 만든 쇠철방에 갇힌 꼴이다.

그런데 『숫타니파타』는 이 한 구절의 시로 우리가 저마다 갇혀 있는 ‘쇠철방’의 정체를 폭로해 버렸다. 소리와 그물은 사슴과 물고기에게만 쇠철방이다. 두려워하지 않는 사자, 걸리지 않는 바람에게 그것은 아무것도 아니다. 아무것도! 누가 북을 치거나 말거나 사자는 아랑곳하지 않는다. 하지만 되풀이해서 장난을 치면 사자는 자리에서 벌떡 일어나 대지를 박차고 포효한다. 사자는 그렇게 혼자 일어나고 혼자 포효하지만 그 진리의 고고성은 천지간 모든 존재에게 울려 퍼진다. 그러나 혼자서 가지 않으려고 할 때, 우리는 한 걸음도 갈 수 없다. 그럼 다시 쇠철방이다. 『숫타니파타』가 묻는다. 너 어쩔래? 나는 이런 질문이 가능하다는 사실만으로도 이미 가슴이 뛴다.

4부
공부로 나가게 해준 고전

티벳 사자의 서
전습록
천 개의 고원
안티 오이디푸스
말과 사물
모비딕
차라투스트라는 이렇게 말했다
주역
동의보감
마음
유식30송

티벳 사자의 서

아버지가 준 선물

정지원

내 꿈은 차茶선생이 되어 다도를 가르치는 것이었다. 내가 감이당에 온 이유는 차茶선생을 할 때 고전을 읽어 두면 도움이 될 것 같아서였다. 하지만 막상 감이당에 와 보니 예상과는 달랐다. 생전 처음 보는 책을 읽고, 스스로 글을 쓰고, 발표를 해야 했다. 당시 나는 글쓰기를 하겠다는 마음을 정하고 찾아온 게 아니었고, 글을 왜 써야 하는지도 몰랐다. 글쓰기는 남 일처럼 느껴졌다. 게다가 글쓰기의 기초적인 부분들이 다 엉망이었다. 엉망으로 쓴 글을 남들 앞에서 발표하는 것이 창피했다. '남들이 나를 어떻게 볼까' 하는 마음 때문에 괴로웠다.

그 다음 해, 가을 추수가 끝나 갈 무렵 아버지께서 돌아가셨다. 돌아가시기 전 아버지는 수년간 치매로 엄마를 괴롭히셨다. 나는 그런 아버지를 많이 미워했다. 그런데 막상 아버지가 돌아가시고 나니 마음이 편치 않았다. 아버지의 장례식을 치르고 돌아왔을 때였다. 감이당에서 함께 공부한 튜터샘은 나에게 『티벳 사자의 서』를 권해 주었다. "돌아가신 아버지를 위해서 이 책을 읽어 드리는 것이 자식이 해줄 수 있는 최고의 선물!"이라면서. 그동안 아버지를 너무 미워했다는 생각에 마음이 불편했던 나는 아버지가 돌아가신 날부터 49일이 되는 날까지 『티벳 사자의 서』를 읽어 드렸다.

『티벳 사자의 서』는 산 자가 죽은 자에게 들려주는 책이다. 사람이 죽으면 그것으로 끝이 아니고 사후세계가 이어진다. 망자는 이 죽음의 단계를 혼자 온전히 감당하면서 가야 한다. 그 길을 갈 때 희미한 빛을 따라가면 안 된다. 해탈을 상징하는 빛을 따라가야 한다. 그런데 망자가 생전의 신체에 깃든 과거의 업 쪽으로 이끌리면, 해탈의 빛을 좇지 않고 희미한 빛을 따라가고 만다. 이것을 막기 위해 망자의 가족이나 스승이 이 책을 읽어 준다. 죽은 사람이 어떻게 들을까 싶지만 이때는 육체가 몸 밖으로 나온 상태라 더 잘 들린다.

오직 아버지께서 죽음을 잘 통과하기만을 바라는 마음으로 매일 아침, 나는 『티벳 사자의 서』를 읽어 드렸다. 아버지가 내 목소리를 잘 들으실 수 있도록 집중해서 읽었다. 왜냐하면 지금 아버지가 무섭고 낯선 세계에서 헤매고 있을까 봐 걱정이 되었기 때문이다.

책을 읽으면서 내가 가장 놀란 부분은 생전의 업이 죽어서도 반복된다는 내용이었다. 습관의 힘이란 참 센 법이구나 싶었다. 그 습관이 죽음 이후에도 영향을 끼치고 다음 생과도 연결이 된다니 말이다. 그러면 습관을 바꾸는 훈련은 살아 있을 때 해야 하는 것이었다. 그런데 바로 글쓰기가 습관을 바꾸는 훈련이 아닌가. 왜냐하면 글쓰기는 반복되는 자신의 문제를 알고 그것을 글로 풀어내는 과정에서 자신을 변화시키는 일이기 때문이다. 게다가 글쓰기는 저승에서 벌어지는 일과 닮아 있었다. 책에서 핵심을 찾는 것은 죽음의 단계마다 나타나는 빛을 찾는 것이며, 그 빛을 따라가서 죽음을 통과하는 과정은 글을 쓸 때 하나의 주제를 붙잡아서 집중력 있게 밀고 나가는 훈련을 하는 것이기 때문이다. 게다가 글쓰기의 과정에서 도움을 주는 눈 밝은 선생님들은 저승에서 망자가 해탈의 길을 가도록 안내하는 자비의 신과 비슷했다.

그렇다면 감이당에서 하는 글쓰기 공부는 『티벳 사자의 서』에서 말하는 그 사후의 세계와도 연결이 되는 것이었다. 여기까지 생각하고 나니 이 공부를 해야 하나 말아야 하나 하는 갈등이 필요없게 되었다. 결국 내가 아버지를 위해 읽어 드린 『티벳 사자의 서』는 아버지가 나에게 준 선물 같은 책이었다. 죽은 사람을 위한 텍스트이자 산 사람을 위한 텍스트가 바로 『티벳 사자의 서』였다.

전습록

‘사심’에서 ‘양지’로

한성준

내가 사랑하는 책 『전습록』傳習錄은 내 삶의 태도를 확 바꿔 버렸다. 이 책과 진하게 만날 때쯤 나는 남편이 되었고 아빠가 되었다. 아빠가 된다는 사실에 설레고 기뻤지만 동시에 걱정도 함께 찾아왔다. 공부하는 백수였기에 버는 돈도 적었고 모아 둔 돈도 없었다. 점점 ‘생계’가 고민되기 시작하면서 내 글은 걱정으로 채워졌다. 걱정한다고 먹고사는 문제가 해결되진 않았지만 나는 그 문제를 놓지 못했다. 그해 마지막 학기에 『전습록』을 만나서야 그 이유를 알게 되었다.

『전습록』은 명나라 시대의 유학자 왕양명王陽明과 제자들이 주고받은 문답을 모아 놓은 책이다. 양명은 우리 마음에 이치가 있다고 주장한다. 마음의 본체인 '양지'良知는 배우지 않고, 생각하지 않고도 무엇이 옳고 그른지 알고 있기 때문이다. 다만 사사로운 마음이 양지를 가리기에 그 사심을 제거해야만 이치가 드러난다. 사심만 제거하면 된다니 아주 간명하고 쉽다. 그런데 이 사심은 뭐란 말인가? 양지라는 마음과 사심이라는 마음은 무슨 차이가 있단 말인가?

양명학을 만나고 나니 생계를 걱정하는 글을 쓰던 내 마음을 들여다보게 되었다. 나는 애를 보고 돈을 벌며 공부까지 할 자신이 없었다. 아니 그렇게까지 힘들게 살고 싶지 않았다. 이참에 끊임없이 해야 하는 공부와 연구실 활동을 좀 쉬고 싶었다. 하지만 연구실의 좋은 관계나 생활들은 그대로 누리고 싶었다. 생계라는 핑계를 대면서 안 하는 게 아니라 못하는 거라고 정당화하려 했다. 그렇지만 양지는 스스로도 속일 수 없었다. 내 마음의 깊은 곳에서는 그것이 거짓임을 분명히 알고 있었다. 그러니 스스로에게도 남들에게도 당당할 수 없었다. 그 거짓을 감추고 정당화하기 위해서 끊임없이 변명하고 눈치 보느라 기력을 다 소진하여 점점 왜소해져 갔다. 『전습록』을 공부하니 이런 마음과 태도로 살고 싶지 않았다. 스스로에게 떳떳하고 통쾌한 마음으로 살고 싶었다.

그래서 나를 움츠러들게 하는 힘든 척, 못하는 척하던 사심을 내려놓고 일단 해보기로 했다. 매주 힘들게 『주역』을 외우고 글을 써야 해서 피하고 싶었던 장자스쿨에 도전했다. 마음이 바로잡히니 걱정했던 것과 다르게 그렇게 힘들지 않았고 먹고사는 문제도 어떻게든 해결이 됐다. 오히려 마음은 경쾌해졌고 일상을 번잡하게 만들던 불필요한 웹서핑이나 아내와의 감정싸움 같은 것들이 훨씬 줄어 삶의 밀도가 높아졌다. 그러한 마음과 생활은 이전보다 나를 생기 있게 만들었다.

양명은 항상 제자들에게 "이것은 반드시 자기의 마음으로 체득해 내야만 하는 것"이라고 말한다. 양지가 무엇인지, 사심이 무엇인지 생각만 하고 있을 게 아니라 혼자만 아는 그 마음, 스스로도 속일 수 없는 그 마음을 기준으로 삼아서 매 사건과 상황마다 행동해 가며 직접 체험을 통해 알아 가라고 한다. 나는 이번 사건을 겪으며 외부의 시선이나 기준에 흔들리지 않고, 이익과 결과에도 연연하지 않으며 단지 내 마음에 부끄럽지 않게 살았을 때, 그 무엇보다 통쾌하다는 것을 느꼈다.

하지만 다른 상황에서는 어떨까? 여전히 많은 사건과 상황 속에서 작은 틈만 생기면 나의 사심은 작동한다. 그리고 사심은 나를 이전에 살던 방식으로 돌아가게끔 유혹한다. 단지 한 푼의 인욕人慾이 사라졌을 뿐 아직도 나의 양지는 훤히 밝게 드러날 때보다 어둡게 가려질 때가 더 많다. 그래서 나는 지난번에 느꼈던

‘통쾌한 마음’을 바탕으로 다시 한번 『전습록』을 지침서 삼아 내 마음과 사심에 관한 탐구를 해보려 한다. 매 순간 사심으로부터 벗어나 양지를 향하여!

전습록

일과 공부, 두 마리 토끼 포획작전

원자연

나는 일과 공부, 두 마리 토끼를 잡고 싶었다. 직장에서 일도 하고, 공동체 내에서 공부도 하고, 다른 한편으로 공부하는 것들이 일에도 쓸모가 있길 바랐다. 정확히 말하면 공부한 것들이 내 삶 속에서 살아 움직이길 바랐고, 그래야 이 공부가 의미 있을 거라 생각했다. 그래서 나는, 회사를 계속 다녀야 한다고 믿었다.

일과 공부를 병행하는 건, 생각보다 훨씬 어려운 일이었다. 일터에서는 늘 빨리 퇴근하고 싶었고, 공부하는 곳에서는 일로 방해받고 싶지 않았다. 일할 때는 공부가, 공부할 때는 일이 끼어드는 것이 불편했다. 이런 마음을 안고 살아가자니 하루하루가 고역이었다. 이즈음 마음속에서 질문이 떠올랐다. '둘 다 하고 싶

다는 것은 역시 욕심인가? 둘 중 하나는 포기해야 하는 것일까?'

어느 날, 양명陽明의 제자가 공무와 송사로 바빠 공부에 매진할 수 없다고 하소연을 한다. 양명은 내가 언제 평소 하던 일을 때려치우고 공부하라고 한 적이 있냐고 따끔하게 말한다. 지금 맡고 있는 업무를 하는 동안 공부할 수 있다고. 아니, 공부는 지금 그 자리에서 하는 거라고 말이다. 송사에 임할 때 사사롭지 않게 마음을 쓰고, 한순간이라도 치우치지 않도록 하는 것이 너의 공부라고. 이것이 바로 '사상마련'事上磨練이라고! 공부는 고요할 때 하는 마음수양이 아니라 부딪히는 일상 속에서 하는 거라고 말이다.

알 듯 말 듯 아리송하다가, 불현듯 뭔가 해볼 수 있을 것 같았다. 양명 선생이 말하지 않았던가. 일상 속에서 하는 공부가 '진짜(?) 공부'라고. "그래! 일과 공부, 두 마리 토끼를 잡아 보자! 일하는 곳을 공부하는 곳으로 만들어 보자!" 일하는 시간도 공부하는 시간이 되면 언제나 공부하고 있는 것이니, 일과 공부가 서로 방해한다는 생각을 하지 않을 수 있다. 일하는 곳에서도 충만할 수 있고, 공동체에서 공부로 시간을 보내지 못하는 것에 대한 결핍도 해결할 수 있다. 이렇게 쉬운 일이었다니!

그런데 말처럼 쉬운 일은 아니었다. 제자에게 해주던 양명의 말 중 '사사롭지 않게'라는 말이 걸렸다. 나는 사사롭게 일을 대하고 있었다. 주 3일만 일할 수 있는 직장은 놓치고 싶지 않고, 정해진 업무시간 외에 어떤 노력도 하고 싶지 않은 나. 일을 돈벌이로만 대하고 싶은 나. 이건 욕심이었다. 한동안 나는 이 사사로운 욕심만 덜어내면 된다고 생각했다.

하지만 결국 나는 일을 그만두고 말았다. 일상을 공부로 만들어 보자던 호기로운 나는 어디로 간 것일까? 적당히 돈벌이로만 대하던 마음을 내려놓고 다가가면 쉬울 줄 알았다. 그런데 내 발목을 잡는 다른 것이 있었다. 돈벌이로만 선 긋게 되는 이유, 그건 직장에서의 일이 '나를 속이는 일'이었기 때문이다. 이 회사에서는 내가 할 수 없는 일들을 아는 척, 잘하는 척 다른 업체를 대해야 했고, 또 그럴듯하게 포장된 결과물을 내야만 했다. 이런 마음들을 눈감은 채 좋은 조건을 보고 회사를 다니는 것이, 오히려 '사사로움'이라는 생각이 들었다. 그래서 3일만 일할 수 있는 꿀(!)직장을 그만두기로 한 것이다.

처음에는 내가 회사에서 공부할 수 있는 기회를 놓쳐 버리는 것이 아닌가 싶었다. 아니, 일을 그만두기로 한 것이 나의 일상을 외면하는 것만 같았다. 양명은 공부가 따로 있지 않다고, 지금 자리에서 하는 것이 공부라고 말하고 있으니 말이다. 하지만 이 또한 '회사'라는 공간에서 부딪쳐 공부한 결과라는 것을, 이제는 알겠다. 내 욕심 안에 또 다른 사사로움을 본 것이다. 그래서 결정할 수 있었다. 나를 속여야 하는 일은 하지 않기로! 좋은 조건에 눈멀어 있는 내 사사로움을 내려놓기로!

작전명, '일과 공부, 두 마리 토끼 포획작전'은 실패했다. 3일만 일하는 꿀맛 같은 직장에 품고 있던 사사로운 마음을 내려놓기 위해, 나는 기꺼이 실패를 맞이했다. 지금 나는 직장을 잃었지만, 일상에서 공부하며 살아가는 법을 배우고 있다. 양명은 내가 있는 자리가 어디든 그곳에서 공부할 수 있다면, 그것으로 충분하다고 한다. 지금의 자리에서 공부를 한다는 것은 계속해서 나의 사사로움을 덜어내는 과정이고, 매 순간 부끄러운 자신과 싸우는 과정이다. 이렇게 『전습록』은 나를 끊임없는 공부의 장으로 밀어넣어 준다. 나를 부끄럽지 않게 만들어 주는 이 책을, 어찌 읽지 않을 수 있겠는가!

천 개의 고원

나는 지금 '글쓰기'로 도주 중이다!

고영주

나는 30대 초반 정규직이다. 20대 초반부터 회사 생활을 했으니, 꼬박 10년을 한 셈이다. 취직하고 돈을 벌고 승진을 목표로 노력하는 것은 자본주의라는 배치 안에서 살아가는 나에게 당연한 코스라고 생각했다. 그것만이 '나'라는 '주체'가 친구들과 가족들에게 인정받을 수 있고, 지금보다 더 나은 미래를 상상할 수 있기 때문이다. 이 코스를 기반으로 결혼도 하고 아이도 낳고, 넓은 아파트에서 스위트홈을 꿈꾸며 자본주의가 만들어 놓은 매뉴얼을 잘 실행하고 있었다.

그런데 우연히 '감이당'을 알게 되었고, 공부와 인연을 맺게 되었다. 뜬금없이 내 인생에 공부라고? 솔직히 말해, 나는 책과

영~ 거리가 멀다. 학창 시절, 학교 공부는 물론이고 책이라고는 쳐다보지도 않았다. 대학도 가지 않았고, 친구들보다 일찍 사회에 뛰어들어 경제 활동을 시작한 것이 자랑이라면 자랑이었다. 그러던 내가 두껍고 어려운 철학책을 읽으며 글을 쓰고 있자면 '사람 팔자 알 수 없다'는 말이 실감이 난다. 이 글을 쓰는 지금도 이전의 나를 상상하면 도저히 예상치도 못한 전개가 내 삶에서 일어나고 있는 것이다. 우연? 필연? 누가 시켜서? 아니면 스스로 원해서? 솔직히 이유를 찾을 여유도 없다. 현재 나는 『천 개의 고원』을 읽으며, 매일매일 어떻게 쓸까 고민하며 사는 중이다.

『천 개의 고원』, 빨갛고 엄청난 두께의 이 책을 받을 당시 나는 심한 기침과 고열로 병원에 누워 있었다. 식욕도, 의욕도, 아무 감정도 없이 팔에 꽂힌 주삿바늘 하나에 의지한 채 멍~하니 천장만 바라보고 있었다. 그러다 문득 가방에서 책을 꺼내 들었고, 서문을 읽어 가던 중 역자의 마지막 말에 갑자기 심장이 뜨거워지고 눈시울이 붉어졌다. "당신에게 드릴 테니 부디 기쁘게만 살아라." 나는 다시 천장을 바라보며, '아… 나는 지금 기쁘게 살고 있는 것인가'라고 중얼거렸다. 도대체 『천 개의 고원』은 어떤 책이기에 역자는 독자들이 이 책으로 인해 기쁘게 살기를 바라고 있는 것일까.

기쁘게 산다는 것은 삶을 수동이 아닌 능동적으로 사는 것이다. 감이당 공부를 하면서 지금까지 '돈'이 내 삶을 윤택하게 만들어 줄 것이라는 믿음은 전부 '자본의 명령(!)'에 의해 수동적인 행동에서 비롯된 환상이라는 것을 깨달았다. 이런 점에서 글쓰기는 누구도 명령할 수 없는 나만의 능동적인 실천이다!

『천 개의 고원』의 저자들은 지속적인 실천의 집합을 '도주선'이라고 한다. 도주선은 언제나 긍정적이며, 여기에는 항상 기쁨이 존재한다. 하지만 도주선은 그냥 그려지지 않는다. 신중해야 하고 끊임없이 실험해야 한다. '무기를 가지고 도주하라!' 우연히 만나게 된 『천 개의 고원』은 지금 나를 이루고 있는 자본의 배치에서 달아날 수 있는 도주의 가능성을 열어 주었다.

고원 안에는 다양한 출구들이 있다. 각각의 고원은 독립적이지만 충분히 서로를 연결접속 하고 있다. 나의 삶과 고원의 개념이 글로써 결합할 수 있을까. 한 편의 글을 마무리하는 것은(마무리는 끝이 아니다) 또 다른 글을 써야 하는 '실천'이다. 나는 지금 글쓰기로 도주 중이다! 무엇으로부터? 자본으로부터! 이 실천이 언제나 내 삶의 기쁨이 될 수 있기를!

그것은 하나의 수련修練이며, 하나의 불가피한 실험이다. 그것은 당신이 그 실험을 도모하는 순간 이미 만들어져 있지만, 당신이 도모하지 않는 한 그것은 만들어지지 않는다. 그것은 확실치 않다. 당신은 실패할 수도 있으니까. (……) 그것은 결코 관념, 개념이 아니며 차라리 실천, 실천들의 집합이다. (질 들뢰즈·펠릭스 가타리, 『천 개의 고원』, 김재인 옮김, 새물결, 2003, 287쪽)

<u>안티 오이디푸스</u>

각자의 목소리로 노래 부르듯 철학하기

이세경

읽을 수 없던 책, 『안티 오이디푸스』가 돌아왔다. 내게는 꽤 심란한 복귀였다. 3년 전에도 기회가 있었지만 이해하지 못한 책이었기 때문이다. 욕망기계니 기관 없는 신체니 하는 개념들과 설명 없이 서술되는 방식이 너무 낯설었다. 그러나 익숙함보다 도전이 되고 나만의 이야기를 펼칠 수 있는 책을 공부하라는 선생님의 조언에 따라 이 책을 다시 읽어 보기로 했다.

책은 그때처럼 어려웠지만 신기하게도 그렇게 당혹스럽지는 않았다. 정작 문제는 이 책으로 무슨 이야기를 할지 갈피를 잡지 못하는 것이었다. 이건 글쓰기 공부 이후 계속된 고질병이다. 나는 친구들처럼 나만의 문제의식을 말하지 못했다. 예정된 합

평시간까지 이런 상태였고 답답했다. 하지만 그때 친구들의 목소리를 들으며 뭔가가 느껴졌다.

나는 문제의식이 없는 게 아니라 불편한 문제나 질문에도 내 목소리를 내는 것을 피하고 있었다. 언제부터였을까? 며칠이 지나 열 살 무렵의 엄마가 떠올랐다. 엄마는 정직한 성품에 마음이 고운 분이다. 그런 엄마가 아는 사람 한 명 없는 아버지의 고향으로 내려와 철없는 아버지 때문에 고생하시는 것이 안쓰러웠다. 엄마가 외로워 보일 때도 그렇지 않을 때도 걱정됐다. 나라도 엄마에게 힘이 되고 싶었다. 그 무렵부터 나는 뭔가를 요구하지도, 엄마가 걱정하실 만한 일도 말하지 않았다. 조금이라도 엄마 마음의 무게를 더하고 싶지 않았기 때문이다.

30여 년이 지났지만 여전히 어린 시절처럼 살고 있었다. 더 이상 아이도 아니고 누가 강요하는 것도 아니지만 그때처럼 늘 별일 없다고 말하면서 내가 원하는 것보다 '해야 하는 것'이 우선이었다. 어떤 사건이 와도 나만 겪는 일이 아니라며 지나치고 내 의견을 말해야 할 때도 어떻게 말해야 할지 몰라 주저하기 일쑤였다. 그렇게 내 목소리로 말하는 것을 잊고 살았다.

들뢰즈와 가타리는 모든 존재를 욕망기계들의 복합체로 이해한다. 몸과 마음 할 것 없이 우리를 움직이게 하는 모든 것이 욕망기계다. 이들은 몸 안의 무수한 세포와 조직이 그러하듯 다른 기계와의 연결을 통해 무언가를 주고받으며 자기 식의 운동을 한다. 욕망기계들은 의미가 아니라 오직 활동을 통해 살아왔다. 그러나 우리에겐 늘 의미가 중요하다. 무언가에 가치를 두게 되는 순간 "이래야 해!"를 믿고 받들며 그것을 위해 본래의 자신을 포기하기도 한다. 기꺼이 각자의 욕망기계들을 억압하면서. 의미를 위해 사는 서글픈 인간이 된 것이다.

『안티 오이디푸스』에서 들뢰즈와 가타리는 "정신분석은 삶의 노래여야 하리라. 그렇지 않다면 아무 가치도 없다. 실천적으로, 정신분석은 우리에게 삶을 노래하는 법을 가르쳐 주어야 하리라"고 말한다. 삶을 노래한다는 게 뭘까? 언젠가 빛날 내일 대신 특별하지 않은 오늘이 노래가 될 수 있다면. 남의 말을 되풀이하는 대신 자기 목소리로 우리와 세상을 이야기할 수 있다면. 자기만의 음색과 멜로디로 부르는 노래가 다른 이들의 마음에 가 닿고 다시 그들을 노래하게 하듯 진실한 노래는 나와 사람들을 연결시키고 깨운다. 의미에 짓눌려 사는 인간에게 삶을 노래하는 법을 가르치는 것, 그건 바로 철학이기도 하다.

목소리도 없이 살던 내게 노래하는 법을 배우라 말하는 듯했다. 그렇다. 내 목소리를 찾아야 하는 이유는 나를 묶고 있는 의미들로부터 독립하기 위해서이며, 나 자신으로 살기 위해서이다. 또 노래가 사람들을 이어 주듯 스승과 친구들을 찾아 노래를 배우고 함께 부르기 위해서이기도 하다. 들뢰즈와 가타리는 이 책을 기쁨으로 썼다고 했다. 나 역시 이들의 책을 통해 마음속 무거운 지층들을 털어내며 기쁨으로 읽고 있다. 나의 욕망기계들이 노래를 부르듯 도처에서 작동할 때까지 철학하기를 멈추지 않겠다. 포기하지 않는다. 욕망기계들처럼.

말과 사물

'당연히'와의 결별

전현주

과연 『말과 사물』은 놀라운 책이었다. 진리는 연속적으로, 진보적으로 발전해 오지 않았다는 것, 각각의 시대는 고유한 인식의 틀로 자신만의 진리를 만들어 내고 있었다는 것. 그렇다면 결국 지금까지 내가 진리라고 믿고 있던 그것은 여하튼 '우리 시대'의 진리일 뿐이다! 이럴 수가, 내가 그동안 배워 온 것은 무엇이었나. 무지에서 진리로, 비인간적인 사회에서 인간적인 사회로 변화 발전해 온 것이 역사 아닌가. 그런데 각각의 시대적 지반 위에 세워진 진리'들'이라니, '단절'의 역사라니! 『말과 사물』은 단순히 새로운 정보를 준 것이 아니라, 내 생각의 뿌리를 흔들었다.

『말과 사물』에서 이 새로운 진리를 뒷받침해 줄 증거들을 발견할 때마다 나는 즐거웠다. 공부하는 재미를 알아 가는 기분이었다. 그런데… 그렇게 책을 읽고 친구들과 이야기를 나누던 어느 날 문득 의문이 생겼다. 진리란 고정불변된 것이 아니라, 시대마다 새롭게 구성되는 것이 아니었던가. 그런데 왜 또 나는 그것을 진리라고 믿어 버리는 거지?

헐! 내가 푸코(Michel Foucault)를 이렇게 읽고 있었다니. 푸코에게는 각각의 앎이 사실인지 거짓인지는 크게 중요한 게 아니다. 그보다는 우리 자신의 생각이 서 있는 지반에 질문을 던진다. 각 시대가 자신들만이 구성하는 진리를 갖듯, 푸코 역시 새로운 생각의 길을 만들어 낸다. 그렇게 그는 방대한 자료들을 풀어헤치고, 그 사이를 촘촘히 들여다보고, 주의 깊게 새로운 매듭을 만들어 내며 완전히 다른 역사를 '재구성'해 내고 있는 것이다. 새로운 앎의 길을 내기 위한 그의 지난한 싸움! 바로 여기가 내 공부자리여야 했다.

내가 공부를 시작한 이유는 살아오며 답답했던 일들로부터 자유롭고 싶었기 때문이다. 나는 당연한 것이 너무 많았다. 아버지의 직장 일로 외국에 살던 시절 집에서는 영어식 발음이나 표현이 나오지 않도록 조심 또 조심해야 했다. 한국인이라면 당연히 한국어를 해야지, 라는 생각에. 성인이 되면서는 '인간'답게 살기 위해 고군분투했다. 놀고 먹는 잉여적 인간이 되지 않기 위해 필사적으로 노동을 해야 했기 때문이다. 그리고 그렇게 번 돈으로 각종 보험을 들었다. '생명'은 당연히 죽음과는 반대편에 있으니, 언제 찾아올지 모르는 죽음을 몰아내기 위해서는 철저한 대비가 필요했다. 이외에도 나는 수많은 '당연히'들을 반복하고 반복했다. 분명 힘들고 혼란스러웠음에도 나는 그것들에 대해 질문할 생각을 하지 않았다. 왜? 당연하니까.

푸코를 만난 이후 나의 '당연히'들이 깨지기 시작했다. 그는 내가 살고 있는 '당연히'들이 구성된 지반을 잘 보여 주었다. 그 지반에 대해 의심하지 않았을 때, 나는 그것을 좇아 사느라 힘들었었다. 그것에서 조금만 벗어나도 큰 잘못을 한 것 같았다. 조심조심 '당연히'들을 지키며 살기 위해 노력했던 것이었다. 그럼 이제는? 절대적인 것도 아닌 것에 얽매일 필요가 전혀 없네. 괜히 피곤하게 살고 있었네. 그것들에 신경 쓰지 않고 편안하게 살면 되겠군. 신난다!

그렇게 나는 멈춰 섰다. 편안함 위에, 푸코를 새로운 진리로, 또 다른 당연함으로 붙잡으면서 말이다. 이는 공부하기 전에 있던 '당연히'를 다른 '당연히'로 바꾼 것에 지나지 않는다. 나는 그가 하는 고민을 배우는 대신, 나를 불편한 것에서 벗어나게 해주는 내용만 취하고 있었다. 나아가 내가 자유롭게 되었다고 착각하게 만드는 아주 쉬운 방식을 찾아냈다. 배운 내용을 진리로 받아들이기. 그것으로 나의 편안해진 삶을 계속 유지하기.

『말과 사물』은 이런 나를 가만히 보고 있지 않는다. 진리에 기대고 싶은 마음을 흔든다. 편안함에 주저앉으려는 나를 일으켜 세운다. 이제 자신의 질문을 놓치지 않고, 지난한 싸움을 피하지 않고, 자신의 길을 내는 푸코의 공부가 배우고 싶었다. 나의 '당연히'를 뿌리째 뒤흔드는 공부를.

잘 가, '당연히'~. 나는 이제 푸코와 함께 새로운 길을 가겠어.

모비딕

사악한 책, 『모비딕』

오찬영

> 우리가 인생이라고 부르는 이 기묘하고도 복잡한 사태에는 우주 전체가 어마어마한 규모의 장난이나 농담으로 여겨지는 야릇한 순간이 있다.(허먼 멜빌, 『모비딕』, 김석희 옮김, 작가정신, 2011, 291쪽)

문득 우주 전체가 내게 장난을 치거나 농을 건네는 것처럼 느껴지는 순간들이 있다. 내게는 이 글을 쓰는 지금이 그러하다. 어쩌다 『모비딕』을 만났지? 어쩌다 여기까지 오게 되었을까? 이 책을 만나기 전에 2년간의 대중지성 프로그램들이 있었고, 그 이전에는 또 사주명리가 있었고, 사주명리 이전에는 교회가 있었고, 엄마가 있었고… 하지만 시간의 흐름에 따라 과거가 이러했기에 오늘 이렇게 되었다라는 설명은 뭔가 좀 부족하다. 물론 인과의 고리는 당연히 작동했겠으나, 왜 '그때'였으며 또 '하필' 나일까라는 이 질문은 해결되지 않았기 때문이다. 이런 공백을 채우기 위해 우리가 자주 쓰는 말이 바로 '운명'이다.

그렇다, 『모비딕』을 쓰게 된 이유를 묻는다면 거두절미하고 감히 운명이라고 말하고 싶다. 두 번의 수업을 거치며 여러 동기를 구구절절 설명했지만, 그 모든 것을 포괄할 수 있는 단어는 바로 이것이다. 그렇지 않고서는 아주 우연히 지난 방학 때 심심풀이 땅콩으로 읽어나 보자, 라고 집어 들었던 이 책을 제대로 읽지도 않고 선택해 버리고, 또 한참 후에야 거기서 내 질문을 만났던 순간의 놀라움이 설명될 수가 없다. 사실 내가 책을 선택했다기보다, 차라리 선택되어진 건 아닐까? 내게는 이 모든 것이 거꾸로 진행되었다.

이 운명적 만남은 내가 지난 2년간 겪었던 사상의 지각변동 때문에 더 극적이다. 그때만 해도 나는 신의 공명정대한 섭리 위에서 움직이는 코스모스의 세계 속에 살고 있다고 믿었다. 하지만 이제 내가 발 디디고 있는 세상은 절대자도, 공평무사한 그 무엇도 없는 무진장한 흐름, 즉 카오스 그 자체인 자연 속에 놓여 있음을 안다. 이런 앎의 전환을 겪으며 바야흐로 이 자연 속의 삶과 죽음, 또 운명이란 무엇인지 탐구해야 할 시기가 온 것이다. 흰 고래를 쫓아 망망대해를 누비는 에이허브 선장처럼, 저 먼 원시 부족의 젊은이들이 성인식을 치르기 위해 깊고 깊은 정글 속으로 고독하게 걸어 들어가는 것처럼. 『모비딕』의 작가인 허먼 멜빌(Herman Melville) 역시 청년 시절 고래잡이의 위험을 겪으면서 자유롭고 편안한 악당 철학을 낳게 되었다고 털어놓는다. 만약 당신이 삶 속에 산재한 위험과 고통, 심지어 죽음조차도 운명의 짓궂은 장난이라고 느끼게 된다면, 또 인생에서 중차대한 모든 순위들을 뒤바꿔 버리는 철학을 만나게 된다면 그것은 충분히 악당이라 불릴 만하다. 허먼 멜빌이 포경선 위에서 배운 철학이 바로 그러했다.

작가 스스로도 그렇게 명명한 탓인지 『모비딕』은 항상 그 앞에 "사악한 책"이라는 수식어가 따라 붙는다. 한마디로 이 책은 악명 높다. 무엇이 이 책을 악으로 들끓게 만들었을까? 니체는 악이란 최고의 자리에 오르기 위해 하나하나의 덕德(virtue)들이 벌이는 전쟁과 싸움(니체, 『차라투스트라는 이렇게 말했다』, 정동호 옮김, 책세상, 2015, 58쪽)이라고 말했다. 선에 대비되는 성질로서의 악이 아니라, 존재를 뒤흔들고 정신의 전부를 차지하길 원하는 이 들개 같은 힘이 바로 악이다. 이 정도의 악의를 가지고 덤벼야 비로소 위엄 넘치는 흰 고래를 볼 수 있게 된다. 지구의 3분의 2를 뒤덮고 있는 이 거대한 바다 위에서 자신의 목표물인 모비딕 한 마리를 정확하게 추격할 수 있는 이 초인간적 능력은 에이허브가 가진 악마적 힘을 가장 잘 보여 준다. 삶과 운명에 대한 새로운 청사진을 조심스레 그려 보고 있는 나로서는 이런 사악함이야말로 절실하게 필요한 동력이다. 현재 내게 주어진 실존적이고 근원적인 질문을 어물쩍거리다 놓치고 싶지 않기 때문이다. 무엇보다도 나를 사로잡은 『모비딕』의 넘치는 악의만큼이나 나에게도 삶에 던져진 질문에 스스로 답하려고 몸부림칠 수 있는 힘이 있는지 직접 확인하고 싶은 것이다. 이 책을 읽으면서, 또 쓰면서 말이다. 결국 『모비딕』만큼 지금의 나에게 가장 시의적절한 탐구서는 없다. 이 치열한 사악함이 들려주는 삶과 죽음, 궁극적으로는 운명에 대한 이야기, 이것이 바로 『모비딕』을 읽어야 하는 이유다.

<u>차라투스트라는 이렇게 말했다</u>

니체의 역겨움, '차라'의 가르침

안상현

내 속의 무엇이 니체와의 만남의 계기가 되었을까. 억지로 만난 척한다고 될 일이 아니다. 이런저런 고민을 하던 중, 대략 10년 전쯤 공부하던 팀에서 했던 연구가 생각났다. '해방 공간의 교육력 연구'라는 주제의 논문이다. 당시 내가 정리하고 있던 내용은 일제의 억압으로부터 해방이 되자, 조선땅 곳곳에 지금으로 치면 중등학교가 지역민들의 자발적인 힘으로 세워졌다는 것이었고, 나는 이 힘이 조선인들에게 내재해 있는 '교육력'임을 논증하고 싶었다. 내가 사는 마을에 학교가 세워진다면 '누구는 땅을, 누구는 돈을, 누구는 자갈과 흙을, 누구는 시멘트 몇 포대를, 누구는 자신의 노동력'을 기꺼이 내놓았다. 이러한 힘은 조선땅에서만 발휘된 것은 아니다. 일제시대 조선땅에서는 도저히 살 수가 없어 허허벌판 간도로 이주한 사람들도 엉덩이 붙일 곳만 생기면, 아이들을 가르칠 학교를 세웠다.

우리에게는 이렇듯 '교육' 혹은 '배움'에 대한 열망이 강했다. 하지만 해방 이후 우리의 교육제도들은 이러한 배움에 대한 열망을 제대로 키우지 못했다. 이후 우리의 교육은 이러한 열망을 '왜소화'하고 '왜곡'시키는 방식으로 고착되었다. 나는 이것을 바꾸고 싶었다. 배움에 대한 열망이 이렇게 강한 사람들인데, 지금 우리의 공부는 왜 이렇게밖에 할 수 없는가. 새로운 틀은 없을까. 이런 고민에 대한 나름의 애를 써 본 것이 나의 지난 시절 공부이자 일이었다.

나는 교육학을 전공하며 '새로운 교육제도'를 만들고 운영하는 것과 관련된 연구와 일을 했다. 하지만 내가 지금까지 애를 썼던 대부분의 일에서 '새로운 제도'에 대한 나의 기대와 내가 감당해야 하는 현실은 언제나 어긋났다. 지금 생각해 보니 그동안 내가 나름 헌신했던 일은 기존의 질서와 가치를 깨고 새로운 규칙을 만들고자 했던 일이다. 실패할 때마다 나는 '나의 능력으로는 새로운 규칙을 안착시키기에는 역부족이었다'는 점을 반성했다. 하지만 지금 생각해 보면, 내 마음의 더 깊은 곳에서는 새로운 질서와 가치를 거부하는 기성 조직에 대한 '역겨움'이 더 컸다.

역겨움을 더 이상 참을 수 없던 때, 나는 그 전에 책을 통해서만 알고 있던 '지금의 공부공동체'(남산강학원&감이당)를 만나게 되었다. 대략 4년이 지난 지금, 나는 니체와의 강렬한 만남을, 나아가 '차라'의 가르침을 주제로 나의 글을 써야 한다. 나는 교육학을 했고, 니체는 고전문헌학을 했다. 나는 기존의 교육학은 더이상 하고 싶지 않다. 니체도 당시 고전문헌학적 방식의 공부와 글쓰기를 버렸다. 고전문헌학적 공부와 글쓰기로는 당시 니체가 체험한 시대에 대한 '역겨움'과 그 극복의 길을 도저히 표현할 수 없었을 것이다.

내가 감이당 공부를 만나지 않았다면, 니체를 만나지 않았다면, 나는 여전히 제도를 붙들고 씨름하고 있을 것이다. 하지만 나는 더 이상 제도를 붙들고 있을 생각이 없다. 무엇이 나를 이렇게 변화시켰을까? 니체는 내게 이렇게 말한다. "그동안 너의 공부와 노력에는 '자기 극복'이 없었다. 너는 언제나 너의 '정의로움'을 앞세워 남을 탓하고, 제도를 바꾸면 다 된다고 생각했다. 아니다! 나는 일찍이 그러한 너의 '정의로움'이 얼마나 궁핍하고, 추하며, 가엾기 짝이 없는 자기만족인지를 알고 있었다. 특히 너는 제도를 앞세워 스스로를 작열하는 불꽃이자 숯으로 생각하고 있었지 않느냐?"(니체, 『차라투스트라는 이렇게 말했다』)

그렇다! 하마터면 나는 작열하는 불꽃이자 숯으로 살다

가, 딱딱하고 남을 재단하기 좋아하는 다이아몬드 같은 존재가 될 뻔했다. 이제 나는 '차라'의 가르침에 나를 올려놓으려 한다. 이 과정에서 나의 말, 생각, 행동, 나아가 나의 세포가 '위버멘쉬'(Übermensch)의 길로 하나하나 변해 갈 것으로 기대하며!

차라투스트라는 이렇게 말했다

중년들이여, 다르게 살아 보자!

송형진

'감이당' 홈페이지에 들어가면 4개의 구호—"도심에서 유목하기", "세속에서 출가하기", "일상에서 혁명하기", "글쓰기로 수련하기"—를 볼 수 있다. 유목을 초원이 아닌 도심에서, 출가를 산속이 아닌 세속에서, 혁명을 아스팔트가 아닌 일상에서, 글쓰기를 숙제하기가 아닌 수련하기라고… 하나하나를 음미해 보면 상식적 생각을 뒤집고 있다는 점에서 매우 흥미로웠다. 그 흥미로움이 나를 감이당으로 이끌었다고 해도 과언이 아니다. 그렇게 시작한 감이당 공부의 최대 수확 중의 하나는 '니체'를 알게 되었다는 것이다.

2014년 감이당에 처음으로 접속하면서 '니체'의 『차라투스트라는 이렇게 말했다』(이하 『차라투스트라』)를 읽게 되었다. 잠언 형식의 이 책은 이해하기가 쉽지 않았지만, "나를 따르지 말고 너희 자신을 찾아 너희 길을 가라"는 문장 등이 그 당시에 인상적으로 남았었다. 20대 때 '마르크스'를 읽고 가슴 뛰었던 기억이 있다. 그 시절 많은 사람들이 그랬던 것처럼 그를 따라서, 그가 보여 준 새로운 세상에 대한 열망으로 거리로 나와 독재정부에 항거하고 민주화를 위해 살려고 했었었다. 그 이후 열정과 격정은 사라지고, 메마르고 무거운 대의와 신념만이 남아 사명감과 부채감으로 지냈다는 생각 때문에 그 문장이 인상적으로 읽혔던게 아닌가 싶다. 하여튼 그런 몇몇 문장으로 인해서 '니체'에 대한 무관심은 호감으로 변하였다.

2016년부터 '대중지성프로그램'에 참여하면서 책 읽기와 글쓰기를 하고 있다. '책 읽기'는 알았던 것을 새롭게 알아 가고, 몰랐던 것을 처음으로 알게 되는 쏠쏠한 즐거움이 있었다. 그리고 에세이 쓰기를 통해서 나를 들여다보고, 내 생각의 변천을 더듬어보니 '글쓰기'가 왜 수련하기인지를 느끼게 해주었다. 첫 에세이에서 감이당 공부를 통해서 '인생의 출구'를 찾고 싶다고 했고, 다음 에세이에서는 '성인-되기' 공부를 하겠다고 썼으며, 최근 에세이에서는 '인생의 출구', '성인-되기'는 '삶의 태도와 자세 변화의 문제'이자 '가치 전도顚倒의 문제'라고 했는데, 그런 일련의 과정에서 내가 수련되고 있음을 느꼈기 때문이다.

올해 2019년은 고전 리라이팅 공부를 통해서 '니체'의 『차라투스트라』를 1년 동안 읽어 보려고 한다. 니체를 더 깊게 알고 싶고, 최근 나의 에세이에서 썼던 '가치 전도의 문제'를 더 구체적으로 풀고 싶다는 생각에서 니체의 대표적인 사유가 담긴 『차라투스트라』를 선택하게 된 것이다. '니체'는 이 책을 통해서 서양 정신사를 지배해 왔던 신이 죽었음을 선언했다. 신을 죽임으로써 우리들에게 기존의 가치에 얽매이지 말고, '새로운 가치를 창조하는 자가 돼라'고, '창조'가 있기 위해선 '파괴와 몰락'이 있어야 한다는 것도, '가치 전도의 문제'가 '가치 창조의 길'이라는 것을, 새로운 가치를 생각한다면 스스로의 파괴와 몰락이 있어야 한다는 가르침을 주었다.

새로운 세상을 꿈꿨지만 이제는 안정을 희구하는 자가 되어 가고 있는 나와 같은 중년들에게 제안한다. 어쩌면 지금은 우리에게 과거와는 다른 혁명이 필요할지도 모른다는 생각으로 말이다. 과거에 우리가 가졌던 (어쩌면 지금도 가지고 있는) '가치'들—조국과 민족을 위해, 민중을 위해—을 의심해 보자. 우리가 지난날에 속물적이라고 얘기했던 것들—돈, 명예, 권력 등—을 지금에 와서는 욕망하고 추구하고 있는 우리의 모습을 들여다보고, 그 '가치'를 파괴시키고, 그런 '자기'를 몰락시키자.

남은 인생을 '파괴와 몰락의 길', 즉 '가치 창조의 길'을 따라 다르게 살아 보자. 그렇게 삶의 방향을 틀어 보자. 삶의 방향을 바꾸는 데는 용기가 필요할 것이다. 『차라투스트라』가 용기를 북돋워 줄 것이다. 그 길을 경쾌하게 무엇인가를 시도하고, 스스로에게 물으며 걸어가 보자. 재밌지 않겠는가!

주역

춤 한판의 이치도 그 안에 있었네

김연정

다섯 살 꼬맹이, 여섯 살 위의 언니가 추는 춤이 너무 좋아 보였나 보다. 하도 귀찮게 졸라대는 통에 엄마는 시켜 줄 수밖에 없었다고 한다. 다른 아이들보다 머리 하나는 차이 나게 작은 것이 신나게 대장 노릇을 하며 뛰어다녔다는 나. 이것이 가끔 한 번씩 엄마가 회상하는 내가 춤을 만난 첫 장면이다. 그저 언니를 따라하고 싶었던 건지, 예쁜 옷에 곱게 화장한 모습이 좋았던 건지, 아니면 몸을 움직이는 것 자체의 즐거움 때문이었는지 잘은 모르겠다. 그런 활발함과 씩씩함은 그때 다 불살라 버렸던 것일까. 학창 시절의 나는 남들의 시선을 불편해하는 수줍고 내성적인 아이였다. 아마도 자의식으로 똘똘 뭉친 주변인이자 이상주의자.

그런 성격으로 남들 앞에 서는 무대예술을 한다는 것이 모순 같았다. 오히려 그래서였을까. 짙은 화장에 영혼 없는 웃음으로 가득한 춤 공연을 볼 때마다 저건 아닌데 하는 생각으로 고개를 가로저었다. 진실한 마음을 몸에 담아 움직인다는 것이 무엇일까 고민하기 시작했다.

전통춤을 본격적으로 배우기 시작하면서 새로운 언어들과 만났다. '얹고 제치기', '맺고 풀기', '감고 뿌기' 같은 동작의 특징을 나타내는 말들은 굴신과 회전의 반복을 통해서 호흡의 순환, 기운의 변화, 음양의 조화, 태극의 운용과 같은 말들로 이어졌다. 춤이란 호흡과 기운의 변용이며, 음양의 조화를 이루어 태극의 생명력을 담아 내는 것이라 배웠다. 이것이 우리 움직임의 기본 원리이고 우주 자연의 원리이며, 동양사상의 정수와 맞닿아 있다는 말이 조금씩 머리에서 마음으로 흘러 내려왔다. 그 동양사상이라는 것의 실체가 궁금해졌다. 그렇다고 하니 그렇게 믿는 것이 아니라 나 스스로 확인하고 싶었다.

용기를 내어 감이당이라는 새로운 공부의 장에 발을 디뎠다. 인문학자라고만 생각했던 고미숙 선생님이 몸과 우주에 대해 강의하시는 것을 듣고 여기라면 오래도록 붙잡고 있던 '마음과 하나 되는 몸'에 대한 화두와 맞짱 뜰 수도 있겠다 싶었다. 그렇게 『주역』周易과 만났다. 왠지 익숙한 말들인 것 같으면서도 이렇게 난감한 책은 처음이었다. 그냥 읽는 것만으로는 알아채기 어려운, 변화易에 대한 인문자연과학을 총망라한 종합해설서라는 생각을 했다. 『주역』은 치밀한 수 개념으로 짜인 구성과 음陰과 양陽, 강剛과 유柔 등 천지자연의 운행원리로 인간 삶을 엮어 내고 있다. 사소하고 지엽적인 것에 쏟는 어리석은 힘을 내려놓고 본질과 원리에 집중하도록 한다. 팔다리가 먼저 움직여 겉모습을 만드는 것이 아니라, 내 안의 깊은 곳에서부터 기운의 싹을 틔워 몸 전체로 퍼져 나가는 자연스러운 움직임으로 엮어 내는 춤의 원리와 다르지 않다. 자연 세상의 춘하추동, 인간 행위의 기승전결, 인간 삶의 생장수장生長收藏, 우주 자연의 성장소멸, 이 모든 '변화變의 도道'가 춤 한판의 이치였다.

『주역』을 읽다 보면 광대무변한 우주의 이야기를 하다가 하찮은 일상의 이야기로 죽비를 때리는 듯하다. 내 삶으로 파고 들어오는 텍스트의 열린 가능성이 고정된 좁은 생각에서 벗어나라고 망망대해에 나를 훌쩍 던져 놓는 것 같다. 64괘, 384효가 만들어 내는 강유剛柔와 중정中正의 끊임없는 변화와 반전의 이야기들은 현재를, 그리고 나를 읽게 한다. 『주역』에서 춤 움직임의 원리를 찾아보겠다고 시작한 공부가 내 안의 나를 들여다보는 공부가 되었다.

글을 보면 고스란히 내가 드러나듯이 춤에서도 그 사람의 품성이 그대로 드러난다. 몸은 거짓말을 하지 않기에 몸을 양생하는 것도, 무대에 서는 것도 책임이 따르는 일이다. 그래서 더욱 나를 닦을 일이다. 평범한 일상 속에 충만한 수시변역隨時變易의 원리도 우주 만물의 이치도 내 한몸 닦으며 체득되는 앎, 몸과 마음이 하나 되는 앎이 아니라면 아무것도 아니다. 그 길은 이제 시작이다.

주역

『주역』, 내가 찾던 '매직아이'

오창희

내겐 스물한 살부터 지금까지 40여 년 류머티즘을 앓으면서 품게 된 몇 가지 질문이 있다. 백약이 무효이던 투병 초기, '언젠가 걸을 수 있는 날이 오기는 하는 걸까, 오지도 않을 날을 기다리며 헛고생만 하는 건 아닐까, 다른 치료 방법을 찾아야 하는데 이러고 시간만 보내는 건 아닌가?', 내 힘으로는 아무것도 '할' 수 없고, 아무것도 '알' 수 없던 그때, 그 끝도 없고 답도 없는 의문에 명쾌히 답할 수 있는 눈, '무엇이 내 병에 좋은지 꿰뚫어볼 수 있는 눈을 어떻게 하면 가질 수 있을까'를 간절한 마음으로 묻고 또 물었다.

20년 만에 독립도 하고 돈도 벌며 생활인으로 제법 안정을 누리던 무렵, 차츰 이게 다는 아닌 것 같다는 공허함이 파고들었고, 경미한 교통사고 후유증이 1년간의 치료로 이어지면서 불안감이 엄습했다. 그때 어떤 책에서, "한가로운 삶에는 반드시 기반이 있어야 하며, 그 기반이란 인간적 성숙이다"라는 글귀를 보는 순간, 아, 내게 이런 기반이 없어서 흔들리는 거였구나, 인간적으로 성숙하면, 돈이 없어도 건강하지 않아도 편안할 수 있구나 싶어서 크게 안도했다. 그후 '인간적 성숙이란 어떤 상태며 어떻게 이룰 수 있을까' 하는 게 새 화두가 됐다.

10년간의 명약 순례를 끝내고, 인공관절 교체로 방향을 바꾼 직후, 다시 관절을 차례로 바꿔야 하나 싶어 암담하던 그때, 어디선가 날아온, '꼭 나아야 돼? 이대로 살면 안 돼?' 하는 물음은, '환자'에서 '생활인'으로 내 일상을 180도 바꿔 놓았다. 2007년, 목욕탕에서 미끄러져 대퇴부 골절로 2년간 휠체어를 타면서 다시 미래가 불안했던 때 갑자기 올라온, '왜 바보같이 30년 동안이나 내 몸에 대해 알려고 하지 않았지?' 하는 자각은 감이당과 접속케 했고, 몸과 삶을 탐구하는 '학인'으로 나를 또 한 번 바꿔 놓았다. 이 두 번의 전환으로 공부가 생활의 중심이 되면서 나으려 애쓸 때보다 오히려 몸이 더 편안해졌고, 생각이 변해야 삶이 바뀌고 병도 달라진다는 걸 깨달았다. 그 뒤 '겪을 대로 겪고 막다른 지점까지 몰려서야 일어났던 생각의 전환, 존재의 변이를 지성의 힘으로 이루어 낼 수는 없을까' 하는 새로운 질문을 하게 됐다.

이런 질문들을 품은 채, 감이당에 왔고, '글쓰기로 수련하기'라는 모토 아래 인류 지성사에 빛나는 고전들을 만났다. 그중, 『주역』의 입문과정은 특별했다. 본경 64괘 384효를 몽땅 외워 쓰기. 생소한 한자는 차치하고, 그렇게 연결이 안 되는 문장(괘사·효사)들이 하나의 의미 단락(괘)을 이루고, 앞뒤를 어떤 연결사로 이어야 할지 난감한 문장들이 수두룩한 텍스트는 처음이었다. 논리와 이해로는 접근불가. 무조건 외웠다. 간신히 몇 괘 외웠다 싶으면 괘사가 넘나들고 효사가 뒤섞이는 건 기본. 4괘→30괘→64괘로 갈수록 뒤죽박죽. 핸드폰에 녹음하고, 쪽지에 적어서 어딜 가나 들고 다녔고, 눈 뜨면서 잠들기까지 자투리 시간엔 『주역』을 외웠다. 그러기를 1년. 드디어 64괘를 모조리 외웠다. 그 통쾌함과 뿌듯함이란! 몸으로 '찐'하게 만나선지 더 공부해 보고 싶었다. 그러나 점서占書로 지성을 연마할 수 있을까 하는 약간의 찜찜함이 남아 있었다.

그 무렵, 「계사전」繫辭傳을 만났다. 공자님은 『주역』이, 인생사 힘든 문제를 두고 점괘를 뽑아 길흉 판단이나 하는 단순한 점서가 아니라 하셨다. 점서가 아니라면? 도올 선생과 남회근 선생도 「계사전」 강의에서 『주역』이 동양철학의 최고봉이며, 『주역』

에는 우주와 생명, 자연의 물리법칙, 통치원리, 삶의 이치들이 망라되어 있다고 한다. 그래서 이를 배우고 이해하면 마음이 편안해져 고통이나 번뇌가 없어지고, 점을 치지 않아도 인생사 모든 걸 훤히 알 수 있다는 것이다. 아,『주역』의 이치를 깨달아 체득하면 내가 바라던 인간적 성숙을 이룰 수 있고, 고도의 지성도 연마할 수 있겠구나. 무엇보다 모든 이치를 꿰뚫어볼 수 있는 눈, 매직아이를『주역』을 통해 얻을 수 있다니!

그간 품어 온 질문들이 좌르륵 꿰어지면서 갑자기 눈앞이 환해졌다. 이제 흔쾌히 공자님의 가르침 따라 가벼운 마음으로 384효를 가지고 놀아볼 생각이다.

동의보감

스토리로 읽는 『동의보감』

박정복

어릴 때 의대에 가고 싶었던 적이 있었다. 몸을 공부해서 아픈 사람을 구하는 일이 가장 보람 있을 것 같았다. 하지만 내 성적으론 어림도 없어서 포기했다. 의대에 못 가면 의학은 공부하지 못하는 걸로 알았다. 의사는 대단한 사람으로 보였고 그들의 말이라면 무조건 신뢰했다. 첫아이를 출산할 때 의사가 수술을 권하면서 서비스처럼 맹장을 떼어 주겠다고 했을 때 감사하게 받아들였을 정도다. 의학은 어려운 것이어서 특별히 능력 있는 자가 아니면 할 수 없고 몸은 의사만 알 수 있다고 믿었다.

그런데 60이 넘어 감이당 화성에서 뜻밖에 『동의보감』을 만났다. 의학이 누구나 공부할 수 있는 거였어? 의아스럽기도 하고 설레기도 했다. 하지만 그 내용에 접속하는 일은 쉽지 않았다. 낯선 용어들과 방대한 이론이 어려웠기 때문이다. 그래도 발제를 위해서는 찬찬히 읽어 볼 수밖에 없었는데 이 어려운 와중에도 단박에 나의 눈길을 끌며 멈추게 하는 대목들이 간간이 나타났다. 그것은 임상 스토리였다. 누구에게 어디서 어떻게 병이 생겼고 어떻게 고쳤다는 스토리. 이 이야기들은 재미있고 흥미진진하며 침과 약으로도 고칠 수 없는 병들을 거뜬히 치유하는 걸 보여 준다.

뱀이 코나 귓속으로 들어갔을 땐 뱀 꼬리에 뜸을 뜨거나 오줌을 싸서 빼내는 우습고도 오싹한 이야기, 우물에서 시체를 건져 내는 무시무시한 이야기, 피난 갈 때 '소아의 울음을 멎게 하는 방법', 흉년이 들었을 때 '곡식을 먹지 않고 넘기는 법' 등 가슴 찡한 이야기도 있다. 부부가 질투하지 않는 법, 성욕에 시달리는 남성들에게는 '음경을 수축시키는 법' 등 현대의학으로는 불가능한 고단수의 처방들도 있다.

어떤 사람은 배가 아픈데 진찰해 보니 삶은 계란을 많이 먹어서였다. 토하게 해보니 토사물엔 병아리의 눈, 코 형상이 새겨져 있다. 헉! 또 어떤 사람이 배가 아파 토하게 해보니 머리카락이었는데 이미 눈, 꼬리가 달린 뱀의 형상을 하고 있다. 벽에 걸어두니 머리카락만 남았다고. 언뜻 믿기지 않지만 이는 물질과 생명의 경계가 모호함을 말하는 게 아닐까? 『동의보감』 식 생명 공학이라고나 할까!

어떤 부인이 생각이 많아 오래 잠을 못 자게 되었는데 의사는 그 남편과 짜고 치료비를 선불로 잔뜩 받고 술만 먹다가 가 버린다. 부인은 화가 나서 벌떡 일어나서 고함을 지르다가 지쳐 자 버리는 바람에 치료됐다는 것. 분노는 평상시엔 우리를 괴롭히는 감정이지만 이 경우엔 뭉친 생각을 풀어 줄 수 있는 특효약이다. 의사는 이 분노를 크게 하기 위해서 일부러 부인을 속였다. 이는 의사가 환자에게 상당한 관심과 애정이 있을 때만 가능하다. 환자의 집을 찾아가서 어떻게 병이 생겼는지 관찰하고 가족들과 의논도 하고 속이기도 하고 연출도 하면서 환자의 일상에 개입하는 일. 이게 어디 쉬울까? 그 따스한 마음이 전해져 온다. 기껏 몇 마디로 증상과 처방을 교환하고 병원 문을 나서는 순간 단절되어 버리는 요즘의 의사와 환자의 관계에선 상상하기도 어렵다.

나에겐 이런 저런 이야기들이 재미있다. 그 생생함과 친근함에 이끌려 나는 스토리 위주로 『동의보감』을 읽는다. 스토리 덕분에 어렵다고 생각된 『동의보감』에 접속할 수 있었고 의학의 장벽도 넘을 수 있었다. 내 스스로 공부해서 내 몸이 어떻게 작동하는가를 알 수 있으니 뿌듯하다.

읽을수록 『동의보감』의 세계는 광활하고 심오하다. 그것은 몸의 이치와 우주의 원리가 깊이 연동되어 있는 세계다. 여기에서 삶의 지침이 나온다. 몸과 우주와 삶의 감응! 그 원대한 비전에 조금씩이라도 다가가고 싶다. 내 고정관념을 흔드는 스토리들을 통해서.

마음

인간을 이해하는 일

최희진

대학을 졸업하고 나서 한동안은 대학 때 친구들을 만나면 누가 어디에 취업했는지에 대한 이야기가 우리의 화제였다. 몇 년이 지나자 누가 누구랑 결혼했는지에 대한 이야기가 뉴스거리였다. 그렇게 다시 몇 년이 지났다. 전혀 예상치 못한 이야기가 들려오기 시작했다. 누군가의 자살 소식이었다. "너 그 얘기 들었어?"로 시작되는 대학 선후배들의 자살 소식은 그후로도 몇 차례 이어졌다. 어떤 후배는 공무원 시험 준비를 하다가 자살했다고 했다. 어떤 선배는 결혼해서 아이도 낳고 잘 사는 듯했는데 자살했다고 했다. 어떤 선배는 우울증이 있어서 자살했다고 했다. 처음에는 충격을 주고 마음을 무겁게 하는 이야기였지만 시간이 흐를

수록 기억에서 점점 흐릿해져 갔다. 과거에 알던 사람의 자살 소식은 뜨문뜨문 멀리서 들려오는 각각의 이야기들일 뿐, 서로 연관성이 없어 보였다.

나쓰메 소세키夏目漱石의 소설 『마음』心, こころ에서 주인공인 선생님은 자살한다. 자살한 선생님이 쓴 유서가 책 전체 분량의 3분의 1이나 차지한다. 그러니 작품이 얼마나 우울하고 어둡겠는가. 내가 처음 이 소설을 읽은 건 4년 전으로 거슬러 올라간다. 나도 이제 소설을 써 보겠노라고 유명한 작가의 대표작들을 벤치마킹 차원에서 읽던 때였다. 그 무렵 『마음』으로 나쓰메 소세키를 처음 만났다. 그러나 이 책을 덮고 나서 소세키 책은 한동안 쳐다보지 않았다. 읽으면서 아무것도 잡히는 게 없었기 때문이다. 그리고 그 다음 해, 남산강학원의 나쓰메 소세키 전집 읽기 세미나에서 소세키를 다시 만났다. 그의 글에는 태평스러움 속에 불안함이 있었고, 신경질 속에 지질함이 있었고, 유머 속에 우울함이 있었고, 관조 속에 날카로움이 있었다. 그럼에도 여전히 『마음』만큼은 마음에 들지 않았다. 그 다음 해 수업에서 『마음』을 다시 읽었을 때도 마찬가지였다. 그저 음울하고 칙칙하게만 느껴질 뿐이었다.

그러나 이번에 감이당 화요대중지성에서 『마음』을 다시 만났을 때는 조금 다르게 읽혔다. 선생님의 유서에서 무언가를 강하게 호소하는 힘이 느껴졌다. 나는 그 울림에 응답하고 싶어졌다. 문제는 그게 무엇인지 모르겠다는 데에 있었다. 그래서 선생님의 죽음이라는 키워드를 가지고 에세이를 쓰면서도 나는 그가 왜 자살했는지 제대로 해명해 내지 못했다. 하지만 나는 아직도 선생님의 죽음을 이해하는 일이 인간을 이해하는 일이라고 확신한다.

소세키는 『나는 고양이로소이다』에서 말한 바 있다. 문명이 이대로 발달하면 미래에는 대부분의 인간이 자살로 생을 마감할 것이고, 학교에서는 윤리 과목 대신 자살학을 배우게 될 것이라고. 백 년이 지난 지금 아직 학교에서 자살학을 가르치진 않지만, 많은 사람들이 자살한다. 『마음』의 선생님, 내 주변 사람들, 뉴스에 연일 보도되는 유명인들이 자살하는 이유와 그 의미는 각기 다를 것이다. 하지만 소세키가 내다본 것처럼, 그리고 『마음』의 선생님이 유서를 통해 호소하려 한 것처럼 나는 이들의 자살이 어떤 고리로 연결되어 있는 것 같다는 느낌이 든다. 내가 『마음』을 읽는 이유는 그 연결 고리를 찾기 위해서이다. 그 고리를 찾는 과정은, 문명이 발달한 시대를 살아가는 많은 사람들이 왜 자살로 생을 마감하는가에 대해 답하는 과정이 될 것이다. 두려움 없이 인간의 어둠을 응시하는 용기를 낸다면 소세키가 '다음 세대에 전하고 싶었던 메시지'에 책임감 있게 응답할 수 있을 것이다.

유식30송

선정과 지혜로 들어간 둘 아닌 세상

장현숙

10여 년 전 『금강경』을 사경寫經하며 가장 인상에 남은 말은 '시명'是名이었다. '그 이름'이란 뜻이다. '부처는 부처가 아니라, 그 이름이 부처다', '많은 것은 많은 것이 아니라, 그 이름이 많다' 그때 처음으로 사람은 수많은 이름들 속에서 살아간다는 것을 알았다. 아니 세상은 '이름' 그 자체였다. 놀라움과 충격. 평소 조금씩 명상을 하고 있었는데, 명상 중에도 일상 중에도 '이름' 속의 세상을 사유하는 집중상태가 멈춰지지 않았다. 그러다 어느 날 문득, 예상치 못한 기쁨喜感과 함께 세상이 환하게 밝아지고 마음이 자유로워지는 것을 경험했다.

작년, '유식'唯識을 공부하면서 다시 '그 이름'을 만났다. 유식에서는 '명언종자'란 이름으로 그 뜻을 사용하고 있었다. 명언종자는 '이름과 말의 씨앗'이라는 뜻이다. 우리의 깊은 의식인 '아뢰야식'엔 명언종자와 업종자(행위의 씨앗)가 흐르고 있는데, 이 종자들이 식의 전변에 의해 '나'와 '내가 살고 있는 세상'을 만든다는 것이다. 그러니 내가 경험하는 세상은 내 무의식의 종자가 펼쳐진 모습이라는 것. 이것이 유식의 핵심이었다. 『금강경』의 '이름'과 유식의 '명언종자'는 모두 사유하여 분별한 것에 별도의 자성이 있다고 생각하는 우리의 분별경향성에 대한 이야기다. 이 분별경향성이 분리된 세상을 만든다는 것. '이름'을 사유하며 경험했던 신체적 감각은 그러한 분별경향성에서 놓여날 때의 느낌이었을까?

하지만 체험에 대한 바른 이해가 없다 보니 내가 경험한 것을 '특이한' 것으로 의미화하고, 그 체험을 재현하고 싶어 했다. 사실 나도 내가 그러고 있다는 걸 몰랐다. 감이당을 다니면서, 서울-창원을 오가는 일정과 매주 감당해야 하는 공부의 양 때문에 일상에서 유지하던 고요한 집중상태가 사라지는 경우가 많아졌다. 그때 처음으로 명상의 집중상태에서 생기는 희열과 같은 감각에 연연해하고 있는 나를 발견했다. 고요함과 희열을 '좋은 상태'로 분별하고 이를 연장하고 유지하려는 내 마음의 습習을 봤다. 그러자 '집중상태가 사라져도 할 수 없다. 좋은 것과 좋지 않은 것을 분별하는 내 마음의 습을 바꿀 수 없다면 희열은 공허한 것이다'라는 생각이 들었다. 그후 수행(좌선)시간은 점점 줄어들거나 못하는 날도 많았다. 그런데 이상한 일이 생겼다. 좌선시간은 줄었는데 집중상태는 더 잘 유지되는 것이었다. 따로 노력하는 것도 아닌데 세상은 그냥 그대로 기쁘게 청정했다. 도대체 나에게 무슨 일이 일어난 것일까?

'유식'을 공부하면서 그 이유를 알았다. 감이당에서의 공부는 그 자체로 하나의 수행이었던 것이다. 좌선이 선정수행이라면 공부는 지혜수행에 해당되었다. 감이당에서 수년 동안 읽었던 동·서양 고전과 역사, 『동의보감』, 사주명리 등은 내 마음과 느낌, 몸 그리고 그것이 존재하는 세상을 세밀하게 통찰하게 하였다. 이러한 통찰로 나와 나 아닌 것, 좋은 것과 좋지 않은 것으로 나누고 분별하는 마음의 경향성이 해체되고 있었던 것이다. 그리고 그 경향성이 해체된 자리에 지금, 여기 오롯이 존재할 수 있는 집중의 힘이 생긴 것이다.

마음은 얼마나 클까? 유식은 모든 것이 내 마음이라고 한다. 이는 내가 보고 내가 알고 내가 경험하는 만큼이 내 마음이라는 것이다. '유식'이 대승불교인 이유는 선정과 지혜를 통해 이 마음을 크게 깨우기 때문이 아닐까? 선정의 힘으로 마음의 분별경향성에서 벗어나더라도 지혜로 그 마음이 만들고 있는 세상의 무상함을 다시 통찰할 수 있어야 한다. 그래야 나와 세상이 온전히 하나로 연결되어 한 생명으로 존재하고 있음을 깨달을 수 있다. 그리고 그 깨달음만큼이 내 마음이다. 유식을 공부해서 내가 살아 보고 싶은 세상은 선정과 지혜로 들어간 둘 아닌 세상이다. 나와 나 아닌 것, 좋은 것과 좋지 않음을 분별하지 않는 한 생명의 세상이다.